"Arrêtez, Dinah, vous nous faites mal à tous les deux."

"Je vous fais mal ?" s'étonna Dinah, en laissant échapper un rire cristallin. "Pour une fois, les rôles sont renversés."

"Si je vous ai blessée, Dinah…De toute façon, vous allez m'épouser et au diable l'opinion publique ! La chose la plus importante est que je vous ai retrouvée alors que j'avais si peur…"

"Peur ? Peur que je dévoile que vous avez mis votre pupille enceinte ?"

"Dinah, cessez ce petit jeu."

"C'est humiliant, n'est-ce pas Jason ? Vous m'avez toujours contrainte à satisfaire vos volontés et vos désirs. Vous…toujours vous !"

"Pour votre bien la plupart du temps."

"Quelle présomption ! Vous ne semblez pas avoir compris que même un douzaine de bagues en or ne pourront plus me rendre le respect de moi ni le droit de me donner à l'homme que je pourrais aimer. Je vous hais pour cela."

DANS HARLEQUIN ROMANTIQUE

Violet Winspear
est l'auteur de

DANS COLLECTION HARLEQUIN

Violet Winspear
est l'auteur de

Le bal
du tigre

Violet Winspear

Harlequin Romantique

PARIS • MONTREAL • NEW YORK • TORONTO

Publié en septembre 1985

ISBN 0-373-41355-6

Dépôt légal 3ᵉ trimestre 1985
Bibliothèque nationale du Québec et Bibliothèque nationale
du Canada.

Imprimé au Québec, Canada—Printed in Canada

Le rayon Porcelaine de Grady occupait l'arrière du magasin et Dinah arrangeait des figurines sur un présentoir, lorsqu'elle vit une silhouette longue et familière venir dans sa direction.

Son premier réflexe fut de plonger sous le comptoir mais Jason Devrel avait des yeux de lynx auxquels rien n'échappait. Dinah sentit une vague de panique l'envahir et sursauta lorsque la figurine glissa de ses doigts inertes pour aller se briser à ses pieds.

— Mon Dieu?

— Qu'avez-vous fait, Miss Stacey?

La responsable du rayon accourait déjà pour évaluer les dégâts tandis que le regard de Dinah restait braqué sur Jason, parfaitement moulé dans un costume gris anthracite.

— Un des Doultons Royaux! Vous devrez le rembourser, dit-elle d'un air outragé.

Rembourser! Le mot résonnait dans la tête de Dinah comme Jason s'approchait.

— Ceci suffira-t-il à réparer les dommages? demandat-il d'une voix autoritaire en tendant plusieurs billets de dix livres.

— C'est la politique de la maison, souligna la femme d'un ton revêche; si une employée casse ou abîme un article de valeur, elle doit le payer sur ses appointements.

– Et jeûner pendant une semaine, poursuivit Jason dont l'autorité n'allait pas sans impressionner son interlocutrice. Les accidents arrivent, veuillez accepter cet argent.

– Bien Monsieur.

Les billets furent comptés et les nerfs de Dinah vibrèrent au rythme de la caisse enregistreuse.

'– Ce monsieur désire être servi, Miss Stacey. Ne restez donc pas là à rêver.

Dinah ne rêvait pas. Elle ne s'était pas encore remise du choc de voir Jason revenir résolument dans sa vie. Il la tenait sous son regard et d'un geste nerveux, elle remonta ses lunettes sur son nez.

« Partez, voulait-elle crier. Laissez-moi seule! »

C'était ce qu'elle avait voulu quand elle s'était enfuie de Devrel Drive dans la brume qui, tous les matins montait de la mer et coupait la maison du reste du Havenshore, comme si elle était suspendue entre ciel et terre et non pas fermement accrochée au granit des falaises.

Dinah s'était retrouvée sur le quai de la gare, les cheveux humides, et ce n'est qu'en arrivant à Londres qu'elle s'était sentie en sécurité parmi ces milliers de jeunes filles anonymes.

De nouveau, elle était menacée... et blessée par les souvenirs que Jason lui remémorait.

– Je connais une jeune femme qui collectionne les tigres, dit-il. Puis-je voir cette créature à l'allure fière, sur l'étagère derrière vous?

Dinah saisit la figurine sans prononcer un mot et sentit ses jambes se dérober sous elle lorsqu'elle la lui tendit... Tel le tigre, Jason ne connaissait de repos avant d'avoir capturé sa proie.

– Je pense qu'elle l'aimera, estima-t-il d'un air pensif. Bien qu'il ne soit pas aussi beau que celui qui trône sur sa table de nuit et dont les yeux luisent dans la pénombre.

6

– Pourquoi ne me laissez-vous pas tranquille?

Dinah était pâle comme la mort et ses yeux flamboyaient derrière les montures de ses lunettes. Je ne veux plus rien avoir à faire avec vous, Jason, votre seule vue me répugne, vous le savez.

– Vous êtes bouleversée de me revoir, Dinah, mais vous n'avez eu que ce que vous cherchiez, la nuit de la Toussaint, mais si vous ne voulez pas l'admettre.

La fermeté de son ton ne faisait qu'augmenter sa colère et c'est presque inconsciemment que sa main se referma sur une figurine. Elle voulait le blesser comme il l'avait blessée... lui faire perdre sa maudite assurance.

– Je ne ferais pas cela à votre place, dit-il d'un air narquois. La collection des Doultons Royaux risque de disparaître sans que vous n'ayez assez d'argent pour la reconstituer.

– Partez avant que je n'appelle quelqu'un.

Dinah parlait les dents serrées :

– Vous n'avez aucun droit sur moi. Je suis libre maintenant.

– Pas exactement, Dinah. J'ai des droits sur vous depuis le jour où vous êtes devenue ma pupille.

– Et de quel tuteur ai-je hérité! Vous n'êtes qu'un fieffé menteur, Jason. Certains vous considèrent à tort comme une personne intègre mais vous n'avez cessé de me mentir tout en laissant à d'autres le soin de me faire découvrir la vérité. Jamais je n'ai autant souffert de ma vie!

Ses narines se dilatèrent, signe certain d'une colère imminente.

– Vous avez cru en de simples bavardages. Je vous l'ai déjà dit mais vous ne voulez pas comprendre.

– Tout ce que vous m'avez dit s'est toujours révélé faux – faux comme ces masques que nous portions la nuit de la Toussaint.

Deux mois loin de Jason n'avait rien effacé de la scène

7

qui s'était déroulée entre eux après le départ des invités, quand les rires se furent éteints et le bruit des moteurs évanoui dans la nuit, et que seul subsista le mugissement des vagues s'écrasant sur les falaises.

— Vous ne pouvez pas m'obliger à rester, pas après ce qui s'est passé, lui avait-elle dit d'un air de défi. Maintenant que je connais la vérité, je m'en vais. J'irai gagner ma vie à Londres comme les autres jeunes filles de mon âge.

A ces mots, il l'avait brutalement saisie aux épaules.

— Vous n'étiez qu'une enfant lorsque vous êtes arrivée, lui avait-il rappelé. J'ai pris soin de vous et j'ai fait en sorte qu'il ne vous arrive rien de fâcheux. Je vous ai protégée dans cette maison, qui est la vôtre maintenant et vous allez y rester.

— Jamais.

Elle ne pouvait se résoudre à l'idée de vivre à Devrel Drive. Elle n'en avait d'ailleurs plus aucune raison. Ses beaux rêves s'étaient évanouis comme neige au soleil et elle se sentait à la fois accablée et méprisée.

— Je pars, Jason. Je trouverai du travail dans... dans un magasin.

— Ne dites pas de bêtises, avait-il rétorqué amèrement. Vous parlez comme si vous aviez été malheureuse chez moi et vous savez parfaitement que tel ne fut pas le cas. Ce sont les filles sans ressources, poussées par le besoin qui travaillent dans les boutiques. Êtes-vous assez naïve pour envier ces jeunes personnes qui restent debout toute la journée à attendre le bon vouloir de clientes irritables et exigeantes? Est-ce là votre conception de la vie?

— Vous pouvez vous moquer de moi!

Dinah s'était mise à trembler car c'était toujours la même chose avec Jason. Il prétendait savoir ce qui était le mieux pour elle.

— Je veux être indépendante, Jason. Pour la première

8

fois de ma vie, je vais faire ce que JE veux et non pas ce que VOUS voulez!

Son attitude sinistre et menaçante lui avait rappelé leur première rencontre... il était tout le contraire de son père qu'elle avait véritablement adoré. Un Lucifer sombre et méprisant qui faisait battre son cœur comme celui d'un oiseau apeuré...

Jason Devrel était un cousin éloigné de sa mère et à l'annonce du décès des parents de Dinah, malheureuses victimes d'un accident d'avion, il l'avait recueillie dans la grande maison de Devrel Drive et était devenu son tuteur.

Il était bien plus riche que ses parents, non que ceux-ci aient été pauvres. Leur métier d'acteurs les entraînait parfois à Hollywood ou sur le continent où ils allaient tourner un film. C'était des artistes plutôt que des stars et Dinah avait toujours été fière de révéler à ses petites camarades de classe qu'ils faisaient du cinéma. Elle essayait pourtant de ne pas paraître vexée quand certaines d'entre elles suggéraient qu'elle était peut-être née d'une rose ou que d'autres se moquaient ouvertement d'elle en la traitant de coucou tombé dans un nid d'hirondelles.

Effectivement, avec ses lunettes à montures rondes, elle ressemblait davantage à une chouette qu'à sa mère! Jason, de son côté, lui avait immédiatement fait penser à un tigre, sans doute à cause de sa démarche féline et de la peur qu'elle avait toujours ressentie en sa présence. Elle le revoyait encore, le jour de son arrivée, debout dans le hall de la maison alors que les derniers rayons du soleil frappaient les grandes baies et le transformaient en un véritable personnage de vitraux.

« Vous ne partirez pas d'ici », lui avait dit Jason cette nuit-là, mais Dinah savait qu'elle n'avait pas le choix, après la conversation qu'elle avait surprise.

Elle s'était préparée à cette soirée de la Toussaint et

9

avait trouvé dans une malle du grenier un ravissant costume de paysanne qui avait appartenu à la grand-mère de Jason. La tradition Devrel voulait en effet que l'on organise trois grandes soirées dans l'année : pour le Réveillon de Noël, le jour anniversaire du maître de céans et la nuit de la Toussaint.

Dinah croyait au mystère de la Toussaint qui marquait les réjouissances des sorcières et de tous les saints.

Des dizaines de personnes avaient été invitées à Devrel Drive à cette occasion. Un orchestre avait été engagé et il y eut un grand bal sous les lustres étincelants dont les lumières se mêlaient aux couleurs des costumes et des masques bariolés des hôtes. Seul Jason n'était pas déguisé. Il portait un superbe smoking noir rehaussé d'une chemise blanche à jabot, le visage simplement dissimulé derrière un loup.

La fête était à son comble car il avait choisi cette soirée pour annoncer publiquement ses fiançailles avec Dinah. Elle lui avait demandé de garder le secret pendant quelque temps, mais il avait éclaté de rire :

– Pourquoi ne pas officialiser notre situation ? La plupart des jeunes filles aiment clamer au monde entier qu'elles vont se marier. Appréhendez-vous de devenir ma femme ?

Elle avait nié d'un mouvement de tête mais le doute subsistait dans son esprit.

– Pourquoi moi ? lui avait-elle demandé.

Pourquoi alors qu'il ne lui avait jamais dit qu'il l'aimait ?

– Parce que je me suis habitué à votre présence, lui avait-il répondu d'un air désinvolte.

Ce fut plus tard dans la soirée, alors que Dinah prenait le frais sur la terrasse en buvant une coupe de champagne, qu'elle surprit une conversation qui ternit l'éclat de sa bague et coupa court à son rayonnement intérieur.

Les deux femmes se tenaient dans le salon dont les fenêtres étaient restées ouvertes et leurs voix lui parvenaient assourdies par les lourdes tentures.

– Naturellement, disait l'une d'elles, Jason épouse cette pauvre fille parce qu'aucun jeune homme de son âge ne peut tomber amoureux d'elle. Quand on voit que ni les années passées auprès d'un Devrel, ni la fréquentation des meilleures écoles n'ont réussi à l'épanouir!

– Oui, et penser que le meilleur parti du comté devienne l'époux de cette orpheline à lunettes, c'est à ne pas y croire, surenchérit l'autre dont la voix aiguë fit tressaillir Dinah. Il pourrait au moins lui faire porter des verres de contact.

– Tout le monde ne les supporte pas, Margaret, c'est une question de glandes lacrymales.

– Quand même, quelle mésalliance! J'avoue avoir été choquée par l'annonce de leurs fiançailles.

– Je crois qu'il se sent responsable d'elle. Il a pris cette décision car il savait pertinemment qu'elle ne trouverait pas chaussure à son pied et pour mettre fin aux rumeurs insistantes selon lesquelles ils ne vivraient plus en tant que tuteur et pupille, si vous voyez ce que je veux dire!

Cette déclaration fut suivie d'un éclat de rire entendu puis les voix s'évanouirent et Dinah resta seule sur la terrasse, incapable de reprendre sa respiration. Les félicitations n'avaient donc été qu'une pantomime... il s'avérait aux yeux de tous que Jason lui avait proposé un mariage de convenance.

Après minuit, les invités commencèrent seulement à se retirer et en un instant, la maison retomba dans un silence à peine troublé par le bruit lointain de la vaisselle et des couverts que l'on nettoyait. Dinah se dirigea vers l'escalier lambrissé pour regagner sa suite dans l'aile Lady Grace, du nom d'une ancêtre de Jason. On la disait hantée, mais Dinah n'avait jamais rencontré de vieille dame aux cheveux gris au détour d'un couloir.

Elle ferma doucement la porte derrière elle et alla directement vers la lourde commode de chêne où étaient rangés ses vêtements. Elle les plia rapidement avant de les entasser dans son sac de voyage. Elle serait obligée de laisser ses pull-overs en cachemire, ses jolis pantalons, ses robes de soirée et ses chemisiers de soie, de même que ses tenues d'équitation et de tennis, signés des plus grandes marques.

Jason avait tenu à ce qu'elle possède une garde-robe élégante, bien qu'au fond de lui, il ait dû penser que c'était là des dépenses bien inutiles pour une jeune fille aussi peu attrayante qu'elle.

Elle eut un serrement de cœur lorsqu'elle retira la bague de son doigt. Qu'avait-elle à faire d'un diamant étincelant? Elle que l'on traitait d'«orpheline à lunettes»!

Elle fermait son sac quand des coups secs furent frappés à la porte. D'un geste nerveux, Dinah porta une main à sa gorge... dans sa hâte de partir, elle avait oublié que Jason risquait de monter la voir avant de se coucher. Avant qu'elle n'ait pu répondre, la poignée de la porte tournait et Jason pénétrait dans sa chambre.

Il avait encore son habit de soirée et fumait un cigare.

— Je pensais que vous viendriez me rejoindre dans le...

Il s'arrêta net en voyant le sac à demi fermé.

— Que diable faites-vous, Dinah?

— Je... pars.

— Vous... quoi?

En deux enjambées, il atteignit le lit. Sa silhouette, déformée par la lampe de chevet, paraissait démesurée.

— Je m'en vais, Jason.

Elle ouvrit la main et découvrit le diamant qui brillait dans sa paume.

— Reprenez-le. Je ne veux pas vous épouser.

– Au nom de tous les...

– Je ne peux pas, Jason.

Tremblante, elle s'approcha de lui et glissa la bague dans une poche de sa veste. Puis elle recula rapidement pour mettre la plus grande distance possible entre eux.

– Vous... n'êtes pas obligé de m'épouser pour m'éviter la honte de rester vieille fille. Tous les invités ont dû bien rire à mes dépens... la petite orpheline dont vous avez eu pitié et qui risquait de nuire à votre réputation en restant seule avec vous dans cette grande maison.

Dinah reprit difficilement sa respiration.

– Un homme de votre rang, Jason, doit surveiller sa réputation, même avec quelqu'un d'aussi innocent que moi.

– Mais que vous arrive-t-il, Dinah?

Ses yeux brillaient comme des charbons ardents.

– Pensez-vous sérieusement que je vais accepter que vous partiez sous prétexte que vous avez surpris une conversation entre deux femmes en mal de scandale? Soyez sérieuse, vous êtes ici chez vous.

– Vous ne pouvez pas m'obliger à rester. Je vais appeler un taxi et...

Mais avant qu'elle n'ait pu atteindre le téléphone, Jason l'avait arrêtée de sa poigne vigoureuse, capable de maîtriser le plus rétif des chevaux de son écurie. Chaque fois qu'il la touchait, Dinah sentait la puissance qui se dégageait de ses un mètre quatre-vingt-dix, et maintenant plus que jamais.

– Vous êtes bouleversée, n'est-ce pas?

Tout en la tenant d'une main, il retira ses lunettes de l'autre découvrant ainsi ses yeux bleus et myopes pour mieux y plonger son regard.

– Ainsi, vous avez cru aux racontars de ces deux femmes. Je vous épouse pour que vous ne restiez pas seule et pour sauvegarder ma réputation par la même occasion. Quelle plaisanterie!

D'un haussement d'épaules, Dinah essaya de se dégager de son étreinte.

— N'essayez pas de me retenir, Jason.

— Ma chère enfant, pour ce soir vous allez défaire votre sac, brosser vos dents et regagner votre lit.

— Ma décision est prise. Vous n'y pouvez rien. Je chercherai du travail comme les autres jeunes filles.

Dinah rencontra alors son regard et se prépara à lutter contre sa colère grandissante qui, sans nul doute, éclaterait avec une rare violence quand le côté passionnel des Devrel, dont il avait largement hérité, prendrait le dessus.

Un éclair dur passa dans ses yeux, immédiatement dissimulé par ses longs cils sombres.

— Demain, dit-il délibérément, je prendrai mes dispositions pour que nous puissions partir en Europe. Nous pourrions commencer par aller en France puis continuer par Venise. Je suis sûr que nous passerons de bons moments.

— A traîner dans les musées?

D'un geste nerveux, Dinah releva les chèveux qui lui tombaient dans les yeux.

— Autant travailler dans un magasin!

— Pour être confrontée à des femmes à la langue bien pendue et aux propos venimeux! En ville, les gens travaillent dur pour gagner un maigre salaire. Ils en ont l'habitude. Pas vous, Dinah. Il n'y a aucun mérite à travailler dans un bureau ou dans une boutique. Soyez raisonnable!

— Vous voulez dire restez sans rien faire à attendre votre bon vouloir!

Dinah prit une profonde inspiration et l'odeur de la mer toute proche vint frapper ses narines.

— Pourquoi n'épousez-vous pas quelqu'un de votre

milieu, Jason? Pourquoi choisir votre pupille et donner aux gens l'occasion de médire?

– Vous cherchez la fessée et elle ne va pas tarder.

Il la secoua rudement et ses cheveux dissimulèrent un instant son visage.

– Défaites ce sac et rangez vos vêtements à leur place.

– Faites-le vous-même!

Elle le fixait du regard, la figure pâle, prête à griffer et à se défendre comme un jeune chat.

Il prit le sac par la poignée, le renversa, et les habits s'éparpillèrent sur le sol.

– Rangez-les maintenant, et vite! ordonna-t-il.

Au ton de sa voix, Dinah serra les dents. Elle ramassa une brassée de vêtements à contrecœur et les jeta dans un tiroir de la commode qu'elle referma avec violence. A cet instant, elle surprit son reflet dans le miroir... ses yeux bleus étaient animés de colère et la peur se lisait sur son visage – peur de cette nuit profonde, du silence de la maison et de la présence trop étouffante de Jason dont l'ombre se projetait jusqu'au plafond.

– Auriez-vous l'obligeance de partir maintenant que j'ai fait ce que vous vouliez?

Elle regardait son ombre et attendait qu'elle se déplace vers la porte.. priant pour qu'il parte.

– Vous devez d'abord me promettre, Dinah, que dorénavant vous vous conduirez comme une adulte et ne penserez plus à vous enfuir.

– Je... je ne promets rien!

Sa voix tremblait et elle sentait son cœur battre dans sa poitrine. Elle ne se soumettrait pas à ses exigences maintenant qu'elle avait eu le courage de lui rendre sa bague.

– Je vous préviens, insista-t-il, les yeux étincelants de colère, que je ne partirai pas tant que vous ne m'aurez pas donné votre parole.

– Je ne vous appartiens pas, Jason. Ce n'est pas parce que vous avez payé mes études, nourrie et logée que vous avez des droits sur moi. Laissez-moi travailler et vous rembourser sur mon salaire.

– Quelle gosse têtue!

Ses épaules et son corps entier semblèrent se raidir comme sous l'effet d'un immense effort de volonté.

– Choisissez, Jason. Suis-je une enfant ou une adulte? La vérité est que vous voulez m'imposer vos quatre volontés et que vous me haïssez parce que j'ai ma propre personnalité et désire suivre mes propres inclinations au lieu de n'être qu'une autre de vos innombrables possessions... un objet parmi tant d'autres qui ne peut vous répondre, ni se plaindre lorsque vous le déplacez au gré de votre humeur.

Dinah releva le menton et passa sa main dans ses cheveux humides. Elle sentait la fermeture de sa jupe à volants la blesser au creux des reins. Quelques heures plus tôt, elle avait endossé ce costume de jeune paysanne le cœur léger. Maintenant il lui pesait et elle avait hâte de le retirer.

– Je suis fatiguée de vivre dans une maison qui ressemble à un musée, lança-t-elle à Jason. Je ne peux plus supporter que l'on me dise ce que je dois porter, ce que je dois faire et penser. Vous n'êtes qu'un tyran!

– Vous ne savez pas ce que vous dites!

Son regard dangereux était à demi dissimulé par ses cils.

– Les tyrans traitent les gens comme des moins que rien. Je ne vous ai pas traitée ainsi que je sache! Je vous ai donné tout ce que je possédais, je me suis assuré que vous fréquentiez les écoles les plus sérieuses où vous pouviez rencontrer des jeunes filles de bonnes familles, intelligentes et gentilles.

– En effet, concéda-t-elle, vous avez toujours trié mes

amies sur le volet et vous n'avez guère apprécié que je sympathise avec Cissie Lang que vous trouviez frivole et légère. Mais elle au moins, elle aimait rire. Elle n'a pas essayé de m'éloigner de vous, c'est vous qui avez tenté de me retenir. Vous parlez de m'emmener dans des musées – Dieu merci – j'ai vécu dans un musée.

– C'est ainsi que vous considérez ma maison?

Jason parlait d'une voix basse et menaçante.

– Et vous imaginez peut-être que j'en suis l'austère gardien, dénué de tout sentiment?

– Exactement, Jason.

Elle avait franchi le cap de la peur et c'est avec une certaine témérité qu'elle poursuivit :

– Vous aimez posséder les objets et vous seriez heureux de pouvoir m'enfermer et me protéger dans une cage en verre. Mais vous ne connaissez rien aux sentiments des êtres humains.

– Quel insolence, quel manque de reconnaissance!

Ses narines se dilatèrent et quand il s'approcha d'elle, elle recula trop vite et s'affala sur le tapis. Sans aucun effort, Jason l'emprisonna dans ses bras puissants et la porta dans le cercle de lumière qui tombait sur le lit.

Il la lâcha brusquement et elle se retrouva sur le dessus de lit en satin. Elle s'éloigna du regard de Jason car jamais elle ne l'avait vu aussi furieux – même le jour où elle avait tenté de sauter la barrière avec Grasshopper et qu'elle avait atterri en même temps que la jument dans un fossé puant où elle était restée près de deux heures, prisonnière sous l'animal blessé. Le vétérinaire avait dû abattre Grasshopper et Dinah avait attrapé un rhume qui s'était transformé en pneumonie.

Ce jour-là, Jason l'avait ramenée à la maison sur sa propre monture et il l'avait tenue avec douceur, sa tête douloureuse reposant contre son épaule.

En cette nuit de la Toussaint, ses mains s'étaient

transformées en de véritables poignes d'acier et même lorsqu'elle se fut persuadée qu'il s'arrêterait au bout d'un moment, quand il lui aurait suffisamment fait la leçon, elle sut qu'elle avait déchaîné la célèbre passion des Devrel.

Cette nuit-là, Dinah apprit au plus profond d'elle-même ce que signifiait être proche de Jason – non pas du tuteur qui la protégeait, mais de l'homme qui la possédait.

2

Jason quitta enfin le magasin mais Dinah aurait dû se douter qu'elle le retrouverait sur son chemin car il avait acheté le tigre de porcelaine et avait demandé un paquet cadeau.

Elle le regarda franchir la porte à double battant et poussa un soupir de soulagement. Tout en reprenant son travail, elle se raccrocha à l'idée qu'il avait accepté de ne plus la revoir.

Enfin la journée s'acheva. Le magasin Grady gérait accessoirement une pension, confortable, que nombre d'employées étaient heureuses d'utiliser. Louer une chambre revenait cher et les femmes livrées à elles-mêmes dans Londres étaient conscientes de l'ampleur de la vague criminelle, alimentée par le chômage croissant qui poussait les désœuvrés à voler et agresser les travailleurs honnêtes.

L'idée de louer une chambre pour la transformer en véritable forteresse n'avait pas tenté Dinah. Elle avait donc choisi d'habiter la pension, proche du magasin et appréciait de rentrer à pied à la fin de la journée. Ses camarades l'avaient quand même prévenue qu'avec l'approche de l'hiver, il était plus sage de partager un taxi à plusieurs ou de prendre le bus.

Elle était presque arrivée quand elle se rendit compte

qu'une voiture la suivait. Elle pensa d'abord à un automobiliste égaré, en quête d'un renseignement mais lorsqu'elle se retourna et vit Jason au volant de la Jaguar, son sang ne fit qu'un tour. Elle voulut s'enfuir mais il s'arrêta, ouvrit brusquement la portière et la rattrapa en quelques enjambées.

– Venez avec moi, dit-il, nous avons à parler.

– Nous... nous n'avons rien à nous dire.

Dinah recula et rougit violemment en repensant à la scène de la nuit de la Toussaint. Pourtant, elle ne protesta pas lorsque Jason la prit par le bras et la poussa dans la voiture.

Il la conduisit à l'hôtel Knightsbridge, où il était descendu, et la guida derechef vers le bar aux lumières tamisées. Il commanda deux cognacs et ils s'assirent à une table à l'écart.

– Vous en avez besoin, dit-il, en mettant un verre à portée de sa main, pour l'heure désespérément agrippée au rebord de la table.

– Comment m'avez-vous retrouvée? demanda-t-elle en portant le verre à ses lèvres.

Il l'étudia avec attention avant de répondre.

– En procédant par élimination, Dinah. Je savais que vous vouliez travailler dans un magasin et je les ai contactés un par un. Il m'est aussi venu à l'idée que vous chercheriez à changer de nom et lorsque Grady m'a répondu qu'ils venaient d'embaucher une certaine Miss Stacey, je me suis souvenu que c'était le nom de scène de votre mère. Vous avez commis une infraction à la loi en donnant un faux nom à votre employeur... vous pourriez avoir des problèmes.

Dinah tressaillit et avala une gorgée de cognac.

– Allez-vous me dénoncer?

Elle détourna son regard de Jason.

– Vous êtes très pâle, reprit-il, pour rompre le lourd

20

silence qui s'était établi entre eux. Buvez votre cognac.

– Pourquoi êtes-vous venu me chercher? Pourquoi ne me laissez-vous pas tranquille?

– Depuis l'âge de neuf ans, Dinah, vous êtes sous ma responsabilité, et vous l'êtes toujours!

– Bien sûr que non!

Elle saisit le verre comme s'il lui fallait se raccrocher à quelque chose.

– J'ai plus de vingt ans maintenant, je suis une femme.

– Vous n'êtes qu'une jeune fille têtue comme une mule! corrigea-t-il aussitôt.

Sa voix trahissait une note étrange qu'elle ne connaissait pas... Jason n'avait jamais été tendre et elle avait découvert, au fil des années, qu'il pouvait se montrer impitoyable. Son regard se posa sur son visage mais elle ne vit qu'un masque de distinction qui ne lui apprit rien.

– Je finis ce verre avec vous, puis je partirai. Je veux vivre ma propre vie, Jason et... et vous n'en faites pas partie.

Il continuait à la considérer d'un air impénétrable. La nature l'avait doté d'un regard possessif et arrogant, de sourcils noirs et fournis sous une épaisse chevelure sombre. Pour ne pas faillir à son habitude, il était magnifiquement vêtu d'un costume de flanelle gris clair et d'une chemise également grise, rehaussée d'un col et de poignets blancs. Pensez-vous sérieusement que je vais croire que vous êtes heureuse dans ce magasin, à travailler sous les ordres d'une femme revêche?

La profondeur et le cynisme de sa voix cadraient parfaitement avec son personnage.

Dinah lui décocha un sourire lointain :

– Mieux vaut elle que vous, Jason!

Un muscle de sa joue se mit à tressaillir et elle comprit que sa remarque avait porté.

– J'ai été élevée dans le respect du travail et je l'apprécie, affirma-t-elle. J'ai au moins appris à me tenir debout sur mes deux jambes!

– Quand je suis entré dans le magasin ce matin, vous m'avez plutôt donné l'impression que vous alliez vous évanouir, insinua-t-il avec nonchalance.

– J'étais surprise de vous voir. Je ne pensais pas que vous alliez me poursuivre de vos assiduités, du moins pas après avoir obtenu ce que vous vouliez de moi.

Elle l'entendit reprendre sa respiration et espéra un instant avoir percé son armure... Si tant est qu'elle fût pénétrable.

– Si vous n'avez pas encore compris, Dinah, que vous faites partie de ma vie, vous ne le comprendrez jamais!

Il parlait d'une voix sombre.

– Vous y êtes entrée dès le premier jour de votre arrivée à Devrel Drive. Vous n'étiez alors qu'une enfant aux immenses yeux tristes, vêtue d'un tablier d'écolière et coiffée d'un chapeau informe.

– C'est de cette image de moi dont vous vous êtes souvenu la nuit de la Toussaint, Jason?

Dinah avait envie d'être cruelle, bien qu'elle doutait pouvoir blesser un homme aussi invulnérable.

– Parfois, une main invisible nous pousse à agir contre toute raison et vous ne m'avez laissé aucune chance ce soir-là, Dinah.

Son regard était fixé sur elle mais ses yeux étaient lointains, comme s'il revoyait la scène qui s'était déroulée entre eux pour culminer sur le lit aux montants torsadés. Les égratignures avaient disparu depuis longtemps de son visage mais les faits étaient restés gravés dans sa mémoire. A ce souvenir, Dinah sentit une vague de chaleur bienfaisante l'envahir et elle en eut honte.

– Si vous êtes venu me chercher, vous pouvez vous en retourner et m'oublier, dit-elle d'une voix glaciale.

– Je suis venu vous chercher pour vous épouser, répondit-il. Je nous considère toujours fiancés.

– Pour m'épouser?

L'incrédulité se lut dans ses yeux.

– Vous... vous ne croyez pas sérieusement que je vais accepter. N'avez-vous pas encore compris, Jason, que je vous haïssais!

– Je veux réparer mes torts.

Il parlait d'une voix tranquille et dépourvue d'émotion, comme s'ils discutaient d'une affaire importante.

– Ce que vous voulez, c'est que je revienne à Devrel Drive pour que vous puissiez diriger ma vie à nouveau. Vous prétendez réparer vos torts mais ce n'est pas votre genre, Jason. Vous êtes issu d'une famille qui a toujours donné des ordres et la mort prématurée de votre père a fait peser sur vous très trôt le poids des responsabilités qui vous incombaient.

– Nous avons tous deux perdu nos parents jeunes, lui rappela-t-il.

– Mon père n'était pas comparable au vôtre, né pour être banquier et brasser l'argent des autres. Le mien était bon et drôle; il adorait ma mère. Pensez-vous que j'ignore la vie malheureuse de la vôtre, passée auprès d'un homme bien plus âgé qu'elle et qui ne comprenait pas ses enthousiasmes de jeunesse? N'est-ce pas la raison pour laquelle elle a baissé les bras, dès votre naissance? J'ai vu sa tombe... elle n'avait que vingt-deux ans, Jason, quand elle est morte.

– Vous vous montrez cruelle, Dinah, en me rappelant la vie gâchée de ma mère.

Il n'avait pas haussé le ton mais des flammes de colère dansaient maintenant dans ses yeux.

– Si j'ai appris à parler avec autant d'amertume, vous n'avez qu'à vous en blâmer, répliqua-t-elle.

– Qui vous dit que je ne l'ai pas déjà fait? De toute

façon, la cruauté ne vous sied pas, Dinah. Vous n'avez ni la voix ni le regard assez durs.

Ce faisant, ses yeux détaillaient son visage aux joues creusées, au nez court et droit, chaussé de lunettes qui semblaient trop grandes, et à la bouche large et pleine qui aurait mérité le qualificatif de sensuelle, eût-elle appartenue à une blonde vaporeuse. Malheureusement, Dinah n'était pas une « blonde vaporeuse » et la couleur de ses yeux n'arrivait pas à se décider entre le bleu et le gris.

Soudain, Jason se pencha sur la table et accrocha longuement son regard.

— Vous me paraissez fatiguée, Dinah. Est-ce que vous mangez à votre faim? Est-ce que... ça va?

— Bien sûr que oui.

Elle essaya de ne pas ciller sous son regard scrutateur, comme si déjà il avait subodoré son secret.

Il se passe quelque chose, Dinah. Vous devez me le dire.

Une note pressante s'était glissée dans sa voix.

— Vous me devez au moins cela.

— Je ne vous dois rien, Jason. Et vous ne me devez rien. Nous sommes quittes.

Elle essayait de prendre un ton détaché.

— Nous ne serons jamais quitte après ce qui s'est passé entre nous. Je n'étais pas fier de moi quand j'ai constaté que vous vous étiez enfuie. Je vous ai cherchée partout mais vous vous étiez littéralement volatilisée. J'ai essayé d'oublier cette nuit mais elle occupait toujours mes pensées. Je me suis même convaincu qu'elle était inévitable, que nous en serions arrivés là tôt ou tard.

— Inévitable? répéta-t-elle en écho. Comment pouvez-vous dire cela? Je ne vous ai pas encouragé que je sache à agir comme... comme vous l'avez fait. Vous... vous n'aviez pas à me punir de la sorte.

— Vous punir?

24

Les traits de son visage se contractèrent.

– Est-ce ainsi que vous l'avez ressenti?

– Oui.

Ses yeux se remplirent de larmes. Elle détourna son regard, la gorge nouée par un sanglot. Elle était triste et pâle.

– Laissez-moi, Jason. Quittons-nous à présent, avant que les mots ne dépassent nos pensées.

– Maintenant que je vous ai trouvée, Dinah, nous resterons ensemble.

La ligne de ses mâchoires s'était durcie.

– Vous rentrez avec moi, c'est décidé.

Elle essuya une larme du revers de sa main, honteuse de se montrer faible alors qu'elle voulait lui prouver qu'elle pouvait vivre seule.

– Personne, aussi fort soit-il, ne réussira à me faire changer d'avis.

Il reprit difficilement sa respiration.

– Je ne prétends pas que ce sera facile pour vous, Dinah, mais c'est votre maison, même si vous persistez à croire le contraire.

– Qu'insinuez-vous, Jason?

Elle voulait le blesser dans sa fierté, lui faire partager sa propre honte.

– Pensez-vous vraiment que nous allons reprendre où nous en sommes restés, cette fameuse nuit de la Toussaint? Quelle magnifique idée!

Il s'appuya sur le dossier de la banquette en cuir et ses yeux disparurent sous ses cils épais. Le bar s'était rempli et des bribes de conversation arrivaient entre elle et cet homme qu'elle avait souhaité ne plus jamais revoir. Elle ne savait même plus ce qu'elle ressentait à son égard. Il était la seule personne qu'elle connût intimement... un étranger à la fois proche et lointain.

– Je dois vous faire oublier cette nuit, insista-t-il.

– J'y arriverai toute seule si vous sortez de ma vie.

– Vous voulez que je vous abandonne dans une ville où règne la violence!

– La violence? murmura-t-elle, et son regard abandonna ses larges épaules pour venir se poser sur ses mains musclées afin de lui rappeler, si besoin était, sa propre conduite.

Ses sourcils noirs se froncèrent puis ses yeux quittèrent son visage pour examiner sa silhouette.

– Dinah, prononça-t-il avec la plus grande gravité. Attendez-vous un bébé?

La réalité des mots lui fit l'effet d'un coup de poignard. Elle était sur le point de se lever et de s'enfuir lorsqu'il lui saisit la main, écrasant presque ses minces articulations.

– Restez, exigea-t-il.

Elle n'aurait pu faire autrement car tout d'un coup, ses forces l'abandonnèrent et ses jambes se dérobèrent sous elle. Elle s'assit gauchement, la tête légèrement courbée. Jason n'avait pas lâché sa main et son regard devenait insistant.

– Vous devez me le dire, Dinah. Je dois et j'ai le droit de savoir.

– Vous... vous n'avez aucun droit.

Elle secoua la tête d'un air de défi.

– Si vous portez mon enfant, sachez que j'ai tous les droits. Dites-le moi, d'une façon ou d'un autre.

Elle se força à rire.

– Vous n'avez pas à vous inquiéter. Nous ne vivons plus sous l'ère Victorienne et rien ne peut plus obliger une femme a garder un enfant qu'elle ne désire pas. D'ailleurs, j'ai déjà pris mes dispositions pour...

– Je ne puis croire que ce soit vous qui parlez ainsi, l'interrompit-il. Seigneur Dieu! vous envisagez d'interrompre votre grossesse, n'est-ce pas? Pensez-vous réellement que je vais vous laissez faire?

— Vous n'avez pas le choix, Jason.

Elle parlait d'une voix froide car la conversation prenait une tournure qui l'effrayait et la mettait mal à l'aise.

— Au contraire, je suis concerné au premier chef.

Jason prit sa main froide entre les siennes mais ni leur chaleur, ni leur force ne la réconfortèrent. Au contraire, elle avait envie de l'accuser et de lui rappeler qu'il l'avait blessée dans son cœur et dans son corps et qu'elle ne lui pardonnerait jamais.

— Dinah, lui demanda-t-il d'une voix étrangement douce, ne vous est-il pas venu à l'idée que si vous ne vous étiez pas enfuie, nous serions mariés à l'heure qu'il est?

Elle lui lança un regard méprisant.

— Vous seriez prêt à dire n'importe quoi, Jason, pour parvenir à vos fins! Par pure arrogance et maintenant... maintenant, vous voulez me faire croire que vous souhaitez m'épouser. Pensez-vous honnêtement que je vais accepter et me résigner à lier ma vie à la vôtre?

— Il y a des moments, Dinah, où nous sommes tous un peu fous, où nous ne comprenons pas exactement ce qui nous arrive, mais une chose est certaine, c'est que je vous ai retrouvée à temps pour vous empêcher de commettre un acte que vous auriez regretté toute votre vie qui vous aurait profondément marquée et dont, tôt ou tard, vous auriez eu honte.

— Et vous, n'avez-vous pas honte de m'avoir mise dans cet état?

— Si, admit-il, mais les choses seront plus simples quand nous seront mariés et je vais arranger cela sur-le-champ.

— Non, Jason.

Elle niait de la tête et gardait le menton résolument levé.

— Je ne céderai pas aussi facilement pour soulager votre conscience et faire croire aux gens que nous nous aimons.

La vérité, c'est que je suis devenue votre maîtresse, contre mon gré. Oh! je sais, je ne suis pas assez belle pour qu'un fringant jeune homme vienne m'enlever. Et même si j'avais nourri de tels espoirs, vous les auriez rapidement anéantis car vous ne semblez pas avoir prévu l'amour dans votre programme. Je me demande, Jason, si au moins une fois dans votre vie, vous avez éprouvé ce sentiment.

Il restait silencieux, les yeux à demi voilés par ses cils épais.

— J'ai veillé sur vous, dit-il finalement.

— Les gens veillent à ce que leur chat mange leur ration ou que le toit de leur maison n'ait pas de fuite, répliqua Dinah. L'amour est une chose différente, un sentiment que vous ne risquez pas de connaître car il pourrait vous rendre vulnérable et moins vif à manier le fouet!

— Telle est votre opinion de moi?

Il parlait d'une voix sardonique mais ses yeux, fixés sur elle, conservaient une lueur d'anxiété car les joues de la jeune fille étaient dangereusement amaigries.

— Qui sait, Jason? J'aurais pu rencontrer quelqu'un qui m'aurait aimée. Quelle aurait été votre réaction?

Il fronça les sourcils.

— Je n'en sais rien, Dinah.

— Vous voyez! vous n'avez même pas songé à cette éventualité, car comme les autres, vous pensez que je ne suis pas assez séduisante pour attirer un homme.

— Si toutes les femmes devaient être séduisantes, bien peu seraient mariées, commenta-t-il. Dites-moi plutôt pourquoi vous avez réagi si violemment quand ces deux incorrigibles commères vous ont traitée « d'orpheline à lunettes »?

— Parce qu'elles m'ont fait comprendre combien nos fiançailles étaient déplacées.

— Continuez, Dinah.

— Un homme comme vous, Jason, qui a la manie de

remplir sa maison d'œuvres d'art authentiques! Tout le monde s'attendait à ce que vous choisissiez une fiancée à la hauteur de votre collection. Au lieu de cela, vous m'avez choisie, moi... pauvre chouette perdue entre les coquelicots de Monet et les danseuses de Degas!

— Arrêtez, Dinah, dit-il en se penchant en avant. Vous nous faites mal à tous les deux.

— Je vous fais mal?

Elle laissa échapper un rire cristallin.

— Pour une fois, les rôles sont renversés.

— Si je vous ai blessée, Dinah... De toute façon, vous allez m'épouser et au diable l'opinion publique! La chose la plus importante est que je vous ai retrouvée alors que j'avais si peur...

— Peur? Peur que je dévoile que vous avez mis votre pupille enceinte?

— Dinah, cessez ce petit jeu.

— C'est humiliant, n'est-ce pas, Jason? Vous m'avez toujours contrainte à satisfaire vos volontés et vos désirs. Vous... toujours vous!

— Pour votre bien, la plupart du temps.

— Cela, pour mon bien? dit-elle en appliquant sa main sur son ventre. Quelle présomption! Vous ne semblez pas avoir compris que même une douzaine de bagues en or ne pourront plus me rendre le respect de moi ni le droit de me donner à l'homme que je pourrais aimer. Je vous hais pour cela.

— Malgré tout, vous portez mon enfant et je le veux.

Il parlait d'une voix basse mais énergique.

— Je veux que vous ayez ce bébé, Dinah et je ferai tout au monde pour que vous ne sacrifiiez pas cette vie que nous avons conçue ensemble – quelles qu'aient été les circonstances. Je vous attacherai s'il le faut, je vous enfermerai plutôt que d'accepter cette décision.

Dinah le fixa du regard, convaincue par son ton qu'il était sincère.

– Jason, nous vivons au XXe siècle. Vous ne pouvez pas m'enfermer dans une tour d'ivoire. C'est ridicule!

– Je sais, mais je suis prêt à le faire.

– Vous voulez donc posséder notre enfant comme vous m'avez possédée.

– Je veux avoir la chance de l'aimer, Dinah.

– Comme c'est touchant!

Ses mâchoires se crispèrent.

– Vous pouvez me dire ce que vous voulez et me blesser, si cela vous fait plaisir, mais je protégerai cet enfant, même si c'est la dernière chose que je puisse faire.

Elle l'avait vu dresser des pur-sang rétifs à la seule force de ses poignets. Un été, il avait retiré un paysan au corps déchiqueté de sous une lourde moissonneuse-batteuse et plus d'une fois, il était sorti avec l'équipe de sauvetage pour porter secours à un chalutier en détresse.

Elle connaissait sa force de caractère...

Cette nuit de la Toussaint était comme un mauvais rêve auquel elle essayait toujours d'échapper.

– J'ai longtemps vécu dans votre maison, Jason, mais je ne vous connais toujours pas.

– Qui peut prétendre connaître autrui? demanda-t-il.

Elle haussa les épaules d'un geste fatidique.

– Vous dominerez cet enfant car c'est votre nature.

– Ma vie, Dinah, a plutôt été solitaire. J'étais jeune quand j'ai perdu mes parents et je n'avais ni frère ni sœur. Puis vous êtes arrivée et bien que j'aime ma maison, elle avait des ombres et vous – par votre seule présence – vous les avez dissipées. Lorsque vous reveniez de l'école et plus tard du collège, la maison semblait revivre et je ne l'oublierai jamais.

– Vous avez une drôle de façon de prouver votre reconnaissance!

– Personne n'est parfait, dit-il d'une voix enrouée.

– Malgré tout, je ne vous épouserai pas. Non, je ne vous laisserai pas me passer la corde au cou.

– Très bien, Dinah. Je vais cesser d'être poli.

Quelque chose dans sa voix lui fit relever la tête et son cœur eut un sursaut quand elle reconnut dans ses yeux les démons de la Toussaint qui, par un petit matin brumeux, l'avaient fait fuir de Devrel Drive.

– Savent-ils au magasin que vous attendez un bébé? s'enquit-il.

– Bien sûr que non.

A nouveau, les battements de son cœur s'accélérèrent.

– Je dois rester debout toute la journée et s'ils venaient à l'apprendre...

Elle s'interrompit brutalement et une note d'incrédulité arrondit ses yeux.

– Vous ne leur direz pas?

– Ne m'y obligez pas, Dinah.

Elle se recroquevilla sur son siège sous l'effet du choc.

– Vous ne me feriez pas cela?

– J'ai déjà fait pire!

Ses lèvres ébauchèrent un sourire furtif.

– Je ne pense pas pouvoir tomber plus bas dans votre estime. Je pourrais en effet appeler la direction du magasin pour la renseigner sur votre état, s'il n'y avait pas d'autre moyen de vous faire revenir sur votre décision. D'après mes calculs, vous n'aurez que sept mois à me supporter, ensuite vous serez libre. Je vous en donne ma parole d'honneur.

– Votre parole, Jason?

Le scepticisme se lisait dans ses yeux.

– Comment pourrais-je vous faire confiance? Autant demander à un serpent à sonnette de ne pas me piquer!

– Merci pour la comparaison, ma chère, mais je suis prêt à signer un document légal, stipulant que dès la naissance de l'enfant, je m'engage à entamer une procédure de divorce. Avec un tel contrat, vous pouvez me poursuivre en justice si je ne respecte pas mes promesses.

Il s'appuya sur le dossier de son siège, le regard toujours fixé sur elle.

– Qu'en pensez-vous? Pendant les sept mois à venir, vous recevrez tous les soins et toutes les attentions dus à une future maman. Il ou elle sera un Devrel. Fille ou garçon, il sera mon unique héritier car je doute que je me remarie un jour, après notre divorce.

Dinah l'écoutait avec une certaine surprise. Pouvait-elle croire cet homme qui, de tuteur, s'était transformé en démon aux yeux sombres, voilés par une nuit d'automne? Même maintenant, il ne semblait pas éprouver le moindre sentiment de culpabilité.

– Je... je ne sais pas.

Ses doigts jouaient avec le pied du verre qu'elle avait vidé.

– Prenez-vous un second cognac?

Jason fit signe au garçon, qui, bien que déjà sollicité par une demi-douzaine de consommateurs, s'approcha immédiatement de leur table pour prendre la commande. Dinah avait déjà vu se dérouler cette scène des dizaines de fois. Où qu'il soit, Jason Devrel se faisait toujours remarquer dans une foule et attirait l'attention. Il jouissait d'une autorité naturelle et pour l'heure, elle était la seule à lui connaître un côté passionné et sauvage.

En le voyant dans son impeccable costume gris, elle avait du mal à croire que c'était ces mains longues et distinguées qui avaient brutalement arraché sa jupe et déchiré sa chemise à volants et cette bouche qui, possessive, avait étouffé ses prières.

– Je n'ai pas très confiance en vous, lui déclara Dinah, candide.

– Mon avocat est une personne discrète et je vous assure que ce contrat entre nous sera parfaitement légal et contraignant pour moi. Je vois bien que vous en êtes venue à me haïr mais éprouverez-vous peut-être une certaine satisfaction à m'épouser par haine plutôt que par amour. Qu'en pensez-vous?

Les consommations furent servies et Jason leva son verre.

– Je suggère que nous trinquions à notre mariage. Buvons à l'importante somme dont vous hériterez à la naissance de Jack ou de Carol Devrel!

– Comment? Vous avez déjà choisi les prénoms? remarqua-t-elle, incrédule.

– Pourquoi pas? Quand j'étais jeune, j'ai souvent rêvé avoir un frère appelé Jack ou une sœur du nom de Carol... C'était les héros de mon livre préféré et je les ai toujours aimés. Comme je serai seul responsable de l'éducation de cet enfant, j'ai, je crois, le droit d'en choisir le prénom. N'êtes-vous pas d'accord?

A son tour, Dinah prit son verre et le regarda au travers de ses cils soyeux.

– Je vous ai toujours trouvé inquiétant, dit-elle. Je me souviens du jour de mon arrivée; vous vous teniez sous les hautes fenêtres et vous m'avez paru effrayant.

Il haussa ses larges et puissantes épaules auxquelles elle s'était récemment accrochée en pleurs.

– Quand irez-vous voir votre avocat? interrogea-t-elle, légèrement troublée par les vapeurs de l'alcool.

– Demain, si vous voulez. Son étude est toute proche – je peux lui téléphoner ce soir pour prendre rendez-vous. Vous, de votre côté, vous prendrez vos dispositions pour annuler le vôtre.

– A... à la clinique? murmura-t-elle.

Il acquiesça de la tête, les lèvres serrées au point qu'elles ne semblaient plus être qu'une minuscule ligne.

– Une fois encore, vous avez réussi, Jason.

Une note de résignation perçait dans sa voix mais en même temps, elle ne put s'empêcher de ressentir un immense soulagement intérieur. Elle aurait été si bouleversée d'aller jusqu'au bout de sa décision – d'ailleurs, elle n'aurait pas été surprise d'y renoncer –... Comme elle frissonnait à cette pensée, les doigts de Jason se refermèrent violemment sur le verre qu'il tenait. Il y eut un bris de verre et Dinah regarda le cognac couler sur ses doigts racés puis sur la table. Il posa ce qu'il restait du verre et enveloppa sa main qui saignait dans un mouchoir blanc.

– Jason! s'exclama-t-elle.

– Vous ne pensiez pas qu'une pierre puisse saigner, n'est-ce pas?

Il se leva.

– Venez, Dinah, je vous reconduis à votre hôtel.

– Ce n'est pas loin, je peux y aller à pied.

– Je vous raccompagne, dit-il fermement.

3

Comme un fait exprès, il pleuvait le jour où Dinah épousa Jason Devrel.

Jason était vêtu ce jour-là de gris foncé et comme d'habitude, sa chemise d'un blanc éclatant ressortait sur sa peau bronzée. Il était la distinction incarnée, elle ne pouvait le nier. Dinah portait un tailleur de haute couture dont la couleur était assortie à celle de ses yeux. Sur le revers de sa veste, brillait la broche de diamants et de saphirs qu'il avait fait porter à son hôtel. Il avait insisté pour qu'elle quitte la pension et s'installe dans un établissement proche de celui où il était descendu, le temps des démarches administratives.

Leur contrat de mariage avait été établi et dûment signé par chacun d'eux. Jason le lui avait fait lire mot à mot pour qu'elle soit persuadée qu'ils n'étaient pas liés à vie... il stipulait d'une manière claire et définitive qu'elle pouvait entamer une procédure de divorce, dès la naissance du bébé. Le montant de la pension qu'il lui accordait était si élevé qu'elle avait protesté, prétextant qu'elle ne voulait pas de son argent et avait l'intention de se remettre à travailler le plus tôt possible. Mais il s'était montré implacable. L'argent serait déposé dans une banque d'état et elle n'aurait pas besoin de travailler, à moins qu'elle ne le désire expressément.

– Le temps venu, nous suivrons chacun notre chemin, lui avait-il assuré. Je ne ferai plus jamais intrusion dans votre vie.

Ce fut seulement au moment où Jason lui passa l'alliance au doigt que Dinah s'aperçut qu'ils n'avaient pas discuté du côté intime de leur mariage... Partageraient-ils la même chambre ou non?

Elle sentit le poids de son regard sombre peser sur elle quand elle prononça le serment de l'honorer et de l'aimer jusqu'à ce que la mort les sépare.

Son pouls battait rapidement sous la pression des doigts de Jason et elle se demanda s'il avait compris que ce serment, vieux comme la nuit des temps, ne s'appliquerait jamais à eux.

Après la cérémonie, ils sablèrent le champagne en compagnie d'un petit groupe d'amis que Jason avait choisi d'inviter. La direction de l'hôtel, où se tenait la réception, avait largement fleuri le grand salon et fourni un buffet froid, couronné d'un énorme vacherin. Les invités insistèrent pour que les nouveaux mariés le découpent ensemble car la croyance populaire voyait là une promesse supplémentaire de bonheur.

Jason posa donc sa main brune sur celle de Dinah et la longue lame du couteau plongea d'abord dans la tendre couche de glace puis dans le biscuit mœlleux, sous les applaudissements nourris de leurs hôtes. La plupart d'entre eux ne voyaient en Dinah et Jason qu'un couple d'amoureux. Rien d'ailleurs, dans l'attitude de Dinah, ne laissait supposer la difficulté de la relation qu'elle entretenait avec l'homme qu'elle venait d'épouser alors que, sourire aux lèvres et coupe de champagne à la main, elle répondait aux traditionnels vœux de bonheur.

Malgré les doutes et l'amertume de Dinah, la réception fut plaisante et le champagne l'aida à se détendre et à donner l'impression qu'elle n'était qu'une jeune épouse comblée.

Elle était en beauté et réussit même à rire lorsque quelqu'un lui demanda pourquoi elle n'avait pas choisi de se marier en blanc.

– Je suis une de ces jeunes mariées modernes, avait-elle répondu en souriant. J'ai plaisir à penser que je pourrais reporter cette tenue en souvenir de ce jour mémorable, alors qu'une robe de mariée ne sert que pour une seule occasion.

– Cependant, protesta son interlocutrice, la plupart des jeunes filles restent fidèles à la robe blanche et ce n'est pas comme si Jason devait compter son argent.

– C'est exact, rétorqua Dinah en essayant de garder un air détaché, tout en feignant d'ignorer que la femme évaluait discrètement son tour de taille.

Laissons les gens spéculer, se dit-elle... ils comprendront bien assez tôt que Jason n'avait pas attendu de lui avoir passé la bague au doigt. Son cœur se serra pourtant à la pensée que ce mariage précipité ne s'était pas déroulé sous le signe de l'amour.

Ils partirent enfin, après avoir entassé leurs bagages dans le coffre de la Jaguar. Ils rentraient directement à Havenshore car Dinah avait catégoriquement refusé toute lune de miel. Son regard était resté froid et distant lorsque Jason avait parlé de France et d'Italie.

– Pour parfaire mon éducation? avait-elle demandé sèchement. Je préfère finir ma grossesse dans un endroit qui ne prétende pas être romantique, tel que Paris ou Venise.

– Comme vous voulez, Dinah.

Il n'avait pas essayé de la persuader et elle remarqua son expression amusée quand il se rendit compte que quelqu'un avait attaché un fer à cheval et des rubans multicolores au pare-choc de la voiture. Ils s'éloignèrent sous des vivats enthousiastes; puis les invités regagnèrent rapidement l'hôtel pour échapper à la pluie et terminer les quelques bouteilles de champagne qui restaient. Ils continueraient la fête sans eux tout en se demandant pourquoi les jeunes époux ne commençaient pas leur nouvelle vie par une lune de miel.

Dinah se laissa aller contre le dossier du siège, avec un soupir de soulagement.

– Dieu merci, c'est terminé! Je n'aurais jamais cru que se marier pouvait être aussi éprouvant!

– Vous pouvez vous détendre maintenant, dit Jason. Tout s'est très bien passé et vous avez fait une magnifique mariée, même sans robe blanche ni voile en dentelle.

– Plusieurs femmes se sont montrées curieuses, murmura-t-elle. Je pense qu'elles ont deviné que je n'étais plus ce l'on appelle une jeune fille.

– Dinah! s'exclama-t-il. Vous devenez cynique et croyez-moi, on ne s'en remet pas!

– N'auriez-vous pas préféré épouser une jeune fille innocente?

– Grands dieux? Changez un peu de sujet de conversation. Qu'importe l'opinion de quelques femmes jalouses?

– Jalouses? Pourquoi, Jason? Parce que vous m'avez épousée et que je suis devenue une Devrel?

– Je ne pensais pas à cela et vous le savez fort bien.

Ils roulaient le long de l'Enbankment, et la pluie noyait les bâtiments et les hautes cheminées des bateaux sous un rideau mouvant et féerique.

– Qu'avez-vous voulu dire, insista-t-elle en triturant l'alliance qui brillait à sa main gauche.

– En vérité, il y a de quoi être jalouse de votre jeunesse, de votre intelligence et de votre vulnérabilité.

Dinah se demanda comment il pouvait parler ainsi alors que lui-même avait profité de sa soi-disant vulnérabilité. Elle jeta un rapide coup d'œil à son visage, absolument imperturbable. Il était invulnérable et savait même tirer parti de ses erreurs. Ainsi, en l'épousant, il se donnait un héritier sans avoir besoin de se montrer un mari amoureux et fidèle.

– Arrêtez de vous tourmenter, Dinah et pensez seulement que vous êtes maintenant une femme mariée.

– Cela changerait-il quelque chose selon vous?

– Ce n'est pas écrit sur votre front, jeune écervelée, et vous êtes plus mince que jamais.

– Je n'ai que faire des compliments, Jason, surtout des vôtres.

– Vous n'imaginez pas que j'accepterais que vous en receviez d'autres hommes, n'est-ce pas?

– Les femmes qui portent des lunettes n'intéressent pas la gent masculine, dit-elle légèrement. Et pour vous, je ne suis que la future mère de votre enfant.

– Pour l'instant, Dinah, vous êtes madame Jason Devrel et j'espère que vous vous conduirez en tant que telle, du moins en public, même si au fond de vous, vous me haïssez sincèrement.

– De cela, vous pouvez en être sûr.

Elle parlait lentement pour que les mots aient plus d'effet – car comme une pierre jetée au hasard, les paroles prononcées sous l'emprise de la colère n'avaient que peu de chance d'atteindre leur but.

– Quoi qu'il en soit, ajouta-t-il, nous pouvons au moins nous comporter comme des adultes.

– En public, entendons-nous bien. Ne me privez pas du plaisir de vous rappeler que je ne vous considère pas plus comme mon mari que le premier étranger venu.

– Nous ne sommes pas étrangers, Dinah. Nous ne le serons jamais. Nous sommes liés par l'enfant que vous portez.

– La faute à qui?

– Dinah, dit-il en laissant échapper un rire bref. N'allez-vous plus jamais retrouver votre magnifique sourire? J'ai toujours cru que vous aviez hérité du sens de l'humour de votre père.

– Je n'ai pas le cœur à rire. C'est moi qui subis toutes les conséquences alors que vous, vous vous contentez de vous retrancher derrière un masque d'indifférence. A la réception, les invités m'ont traitée comme si vous m'accordiez une grande faveur – désolée, mais cela ne m'amuse pas.

L'éclat des diamants de sa bague disparaissait sous sa main droite, lui faisant quelque peu oublier à quel prix elle était devenue femme de Jason

– Si nous devons nous parler, soyons polis et restons-en là.

– Comme des étrangers partageant la même table? s'enquit-il.

– Si vous voulez. Je ne souhaite pas être mêlée à des conversations intimes de couple.

– La cérémonie à l'église était pourtant authentique, Dinah. L'homme qui vous a mariée était un prêtre et vous ne devrez pas oublier, pendant les sept mois à venir, que nous sommes bel et bien mari et femme et qu'il y a des questions dont nous devons discuter.

– Pourquoi le faire, Jason, puisque vous avez toujours raison?

– Ai-je insisté devant votre refus de partir en lune de miel?

– Non, concéda-t-elle, mais seulement parce que vous n'y teniez pas plus que moi.

– C'est faux, Dinah.

– Vous voulez dire que vous rêviez de parcourir le Grand Canal de Venise, bercé par la mandoline d'un gondolier au chapeau de paille?

– Pourquoi pas? C'est du moins ce que font tous les couples de jeunes mariés.

– Ils font beaucoup d'autres choses que nous ne ferons

pas, Jason, répondit-elle en espérant qu'il saisirait l'allusion.

Il laissa échapper un rire bref, prouvant ainsi qu'elle avait marqué un point.

– Je n'arrive pas à déterminer si vous agissez de la sorte par enfantillage ou par pure méchanceté, remarqua-t-il d'une voix traînante.

– Libre à vous de deviner!

– J'ai entendu dire que si une femme était contrariée pendant sa grossesse, le futur bébé risquait d'avoir une piètre idée de la vie. Qu'en pensez-vous, Dinah?

– Ce ne sont que des histoires de bonnes femmes.

Elle regardait les essuie-glace danser sur le pare-brise... les balais étaient si efficaces que les gouttes de pluie n'avaient aucune chance d'échapper à leur sort – aussi irrésistiblement, Dinah s'était sentie emportée par une vague déferlante qui l'avait entraînée vers des abîmes profonds où des dangers inconnus la guettaient encore. La confiance qu'elle portait à Jason s'était évanouie même si elle partageait son intimité, alors qu'ils roulaient vers Devrel Drive où elle régnerait désormais en maîtresse de maison.

– L'excitation sera à son comble lorsque les habitants du Havenshore découvriront la vérité, remarqua-t-elle.

– Craignez-vous les inévitables commérages, Dinah? Ils ne mettront pas longtemps en effet pour comprendre que nous avons anticipé notre nuit de noces.

– Ne prononcez pas ce mot, s'exclama-t-elle. Vous connaissez la vérité!

– Je me demande parfois... dit-il en se parlant à lui-même. Quant à vos voisins, je doute qu'ils n'aient eux-mêmes rien à se reprocher. Nous ne sommes que des êtres humains et nous avons tous nos petits travers.

– En ce qui vous concerne, Jason, vous ne cachez pas votre indifférence arrogante ni votre maudite assurance.

– En tous cas, je ne suis pas sûr de vous, Dinah.

– Vous avez quand même obtenu ce que vous vouliez! Je reviens à Devrel Drive et vous m'avez passé la bague au doigt.

– Au fait, comment la trouvez-vous?

– Magnifique, comme j'aurais dû m'y attendre.

– J'en ai une autre, dans un coffre à la maison, et je vous l'offrirai dès notre arrivée. Elle appartenait à ma grand-mère espagnole et vous pouvez l'accepter comme un cadeau venant d'elle. C'était une vieille dame adorable... mais vous connaissez son portrait.

Dinah avait toujours admiré le portrait de Doña Manuela, accroché dans le hall lambrissé. C'était d'elle que Jason tenait son air ténébreux, ses cils épais et son port altier. Elle savait qu'avant son arrivée, il s'était souvent rendu en Espagne, en Andalousie plus exactement, où résidait sa famille et où il avait commencé à apprendre à toréer. Cette expérience avait augmenté ses réflexes et lui avait donné une certaine grâce, acquise au maniement de la muleta, mais elle avait aussi, renforcé son attitude dominatrice envers les femmes. Elle en avait souffert pendant toute son adolescence et dès qu'elle avait cherché à gagner sa liberté, elle avait réveillé par la même occasion le démon qui habitait Jason. Maintenant, ce n'était pas avec des bijoux de famille ou en prenant les intonations douces de sa grand-mère, qu'il arriverait à la rassurer, à apaiser ses craintes ou à atténuer son amertume.

– Je tiens à ce que vous portiez cette bague et si elle vous paraît démodée, les pierres peuvent facilement être remontées.

– Cela n'en vaudra pas la peine, répondit-elle d'une voix froide... pour le temps que je la porterai!

– Je veux que vous la gardiez pour toujours.

– Vous êtes un homme généreux, Jason, mais dans la situation présente, cette générosité est plutôt déplacée.

Ses mains se refermèrent nerveusement sur ses genoux.

– Il y a un point que nous n'avons pas abordé... c'est le détail de notre vie commune. Je... je refuse de partager ma chambre avec vous et vous feriez mieux de ne pas insister.

– Ma chère Dinah, je ne suis pas goujat au point de croire que vous allez m'ouvrir votre lit. Je sais à quel point ma compagnie vous déplaît.

– J'ai appris à vous connaître, Jason, et je sais que vous êtes encore capable de m'y obliger. Je ne serais pas ici si vous n'aviez déjà utilisé de subterfuge.

– Vous éprouvez vraiment du plaisir à m'adresser toujours ce même reproche!

– C'est la seule satisfaction que je tire de ce mariage, ne m'en privez pas. Vous m'avez dit, il y a un instant, qu'une femme enceinte ne doit pas être contrariée et pour ma part, j'aime à me souvenir que vous n'êtes pas le gentleman au-dessus de tout soupçon pour lequel vous voulez passer.

Jason ne répliqua pas et quand Dinah lui jeta un coup d'œil furtif, elle remarqua qu'une petite veine battait au coin de sa bouche. Elle aurait voulu ressentir un immense bonheur pour l'avoir blessé mais contrairement à son attente, elle n'éprouva qu'un vague sentiment de satisfaction et elle se mordit la lèvre.

– Je... je regrette d'avoir dit cela, s'excusa-t-elle contrite.

– Ne vous excusez pas. N'oubliez pas au contraire de me le rappeler si jamais je recommençais à me comporter comme je l'ai fait la nuit de la Toussaint... peut-être suis-je véritablement possédé par un démon?

Le voyage se poursuivit dans le silence le plus complet et Dinah s'enfonça profondément dans son fauteuil et ferma les yeux. Une grande fatigue l'avait envahie, plus émotionnelle que physique, car elle n'était pas retournée à son travail depuis que Jason l'avait retrouvée.

Le magasin et ses clientes, dont certaines avaient été aussi capricieuses que Jason l'avait supposé, les retours à la pension et les soupers partagés avec ses camarades appartenaient désormais au passé.

Elle ne regrettait pas d'avoir tenté cette expérience. Elle aurait pu devenir indépendante mais le bébé avait tout gâché... comme elle avait eu peur et comme elle s'était sentie seule lorsqu'elle s'était rendue compte de ce qui lui arrivait. Elle ne pouvait dire maintenant si c'était de la colère ou un immense soulagement qu'elle avait ressentis lorsque Jason avait pénétré dans le magasin, dix jours auparavant.

Sa puissance et son assurance naturelles lui avaient immédiatement fait comprendre qu'il trouverait une solution et qu'elle ne subirait pas cette terrible épreuve que d'autres avant elle avaient connue.

Elle était à nouveau sous la garde de Jason et l'avenir de l'enfant était assuré, mais tiendrait-il sa parole et lui rendrait-il sa liberté au bout des sept mois fatidiques? Malgré le contrat, elle ne pouvait oublier l'intransigeance qui se lisait sur ses traits au moment où il avait apposé sa signature, à côté de la sienne.

Elle savait au plus profond d'elle-même qu'elle n'aurait plus jamais confiance en Jason, mais il se dégageait une telle force et une telle puissance de lui qu'elle se sentait moins seule et moins tourmentée par les doutes qui l'avaient assaillie, nuit après nuit.

L'unique solution possible à son problème lui avait paru terrible. A quoi lui servirait-il en effet de garder ce bébé pour l'abandonner ensuite? En épousant Jason, même sans amour, elle avait au moins l'assurance qu'il serait élevé par son père naturel et que garçon ou fille, il bénéficierait de tous les soins et de toutes les attentions qu'elle avait elle-même reçus.

Tout d'un coup, ses yeux se remplirent de larmes et elle ressentit une telle douceur qu'elle eut du mal à la supporter... elle avait épousé un homme de bien et son enfant ne manquerait de rien, pourtant Dinah éprouvait un terrible sentiment d'échec.

— Avez-vous froid? demanda Jason brusquement. Je vous ai sentie frissonner. Voulez-vous que j'allume le chauffage?

— Non, ça va, merci.

Elle essaya désespérément de retenir ses larmes mais elle ne put les empêcher de rouler sur ses joues et de mouiller ses lèvres... elle priait pour qu'il ne la regarde pas. Elle avait pleuré cette nuit-là aussi, et elle avait juré qu'elle ne le laisserait plus porter atteinte à sa fierté.

— Vous n'êtes pas bien, Dinah?

Une note d'anxiété perçait dans sa voix.

— J'ai remarqué que vous n'avez pas beaucoup mangé à la réception et vous devez avoir faim. Nous nous arrêterons en chemin pour nous restaurer.

— Parfait, dit-elle, puis elle ajouta : vous vous en tirez bien, Jason.

— Me tirer de quoi?

— Du rôle du mari.

— Je ne joue pas, Dinah.

— Vous vous sentez donc coupable?

— Un peu.

— Seulement un peu? demanda-t-elle sèchement.

— Autant qu'il vous plaît. C'est semble-t-il, la seule satisfaction que vous vouliez tirer de moi.

— Qu'est-ce à dire?

Dinah parlait d'une voix tendue.

— Si vous caressez le projet que nous allons vivre comme mari et femme, vous allez être déçu, continua-t-elle. C'est bien la dernière chose que je désire! Je ne pourrais supporter l'idée que vous me touchiez.

– Ne vous énervez pas, ma chère enfant. Vous vous faites mal en vous torturant ainsi et il faut que vous appreniez à vous détendre.

– C'est de votre faute si je suis nerveuse, rétorqua-t-elle. Je... je ne vous fais plus confiance, vous dites une chose et vos yeux pensent le contraire.

– Expliquez-vous, Dinah.

Il lui jeta un bref regard car il avait quitté l'autoroute et roulait maintenant sur une route de campagne étroite et tortueuse où il devait prendre garde aux véhicules arrivant en sens inverse.

– Vous avez des réactions imprévisibles mais j'imagine que cela vient de votre état.

– Décidément, ma grossesse semble vous ravir!

Un éclair de colère passa dans les yeux de Dinah, chassant ses larmes.

– On voit bien que ce n'est pas vous qui allez perdre votre silhouette de matador!

Il laissa échapper un rire étouffé.

– Voilà qui est mieux! J'aime quand vous retrouvez votre sens de l'humour.

– Je ne plaisante pas, répondit-elle. Si les hommes devaient supporter les inconvénients de la grossesse, ils ne seraient pas aussi prompts à concevoir des enfants.

– Êtes-vous certaine que seuls les hommes prennent plaisir à faire... l'amour?

– L'amour? releva-t-elle, les dents serrées. Cela s'appelle donc ainsi?

Il émit un profond soupir.

– Vous ne me pardonnerez donc jamais?

– Jason, n'essayez pas de me séduire avec votre charme douteux. N'oubliez pas que je vous ai épousé par haine. C'est d'ailleurs le sentiment que portent la plupart des femmes aux hommes qui les ont traitées comme vous m'avez traitée – voulez-vous que je continue?

46

– Si vous y tenez, Dinah.

Elle avait les mots au bord des lèvres mais elle n'arrivait pas à les prononcer. Elle détourna son regard de Jason et enfouit son visage dans le siège de cuir mœlleux. Elle ne voulait plus le voir dans ce costume bien coupé qui lui donnait l'air si distingué. Elle voulait retrouver l'image du Jason couché à ses côté alors que les premiers rayons du soleil pénétraient dans la pièce, revoir sa peau sombre entre les draps blancs et ses cheveux ébouriffés. Il dormait profondément, ayant assouvi sa passion, et c'est ainsi qu'elle avait pu se glisser subrepticement hors du lit, atteindre sa chemise et son jean et prendre son sac à main. Puis elle s'était enfuie comme poursuivie par mille démons.

Tous en réfléchissant à sa nature profonde sous ses apparences d'homme cultivé, elle se jurait de ne pas retomber dans la naïveté de croire que sa protection était désintéressée.

Cette nuit-là, par sa conduite, il avait trahi la confiance qu'elle lui avait porté pendant toutes ces années. Pour ses amis, il était un homme au charme authentique bien que hautain. Tout dans son attitude, le port altier de la tête, les puissantes épaules et même le sourire énigmatique qui éclairait parfois son visage, indiquait un homme réservé et de bon goût, faisant peu de cas des individus qui couraient les aventures ou avaient le malheur de s'enliser dans les dettes.

Dinah se demanda si elle était la seule personne au monde à l'avoir vu perdre sang-froid.

Elle s'assoupit... et se réveilla brusquement, croyant n'avoir dormi qu'un bref instant, mais la pluie avait cessé et le soleil levant se reflétait dans les fenêtres d'une maison qu'elle ne connaissait que trop. Elle s'assit tout en se passant la main dans les cheveux.

– Pourquoi ne m'avez-vous pas réveillée?

– Vous aviez besoin de sommeil.

Le bras nonchalamment appuyé sur le volant, Jason la regardait en silence. Ils étaient dans l'allée qu'elle avait prise le jour de sa fuite et qu'elle avait trouvée si longue.

Lorsqu'ils descendirent de voiture, ils entendirent le vent bruire dans les feuilles des arbres centenaires. La pluie avait rafraîchi l'air et Dinah prit plusieurs longues aspirations pour se réveiller complètement.

Tout en la guidant vers les marches qui menaient au perron, Jason passa un bras autour de sa taille et elle eut un sursaut. Arrivés sur le seuil, il se tourna vers elle.

– Au cours des sept mois à venir, nous aurons besoin de beaucoup de chance, Dinah. Acceptez-vous que je vous prenne dans mes bras pour franchir le pas de la porte, comme le veut la tradition?

– Non, répondit-elle d'un air tendu. Je... je ne pense pas que ce soit une bonne idée.

Mais déjà il l'avait soulevée dans ses bras puissants et la portait dans le hall éclairé par les lustres qui pendaient des lourdes poutres en chêne.

Dinah plongea son regard dans celui de son mari. Jason avait trente-sept ans et dès son plus jeune âge, il avait dû endosser de lourdes responsabilités. Ses joues étaient barrées d'une ligne sombre et la noirceur de ses sourcils et de ses cils ajoutait de la profondeur à ses yeux. Seul le pli de la bouche trahissait les forces contradictoires de son caractère.

Ses cheveux épais d'un noir de jais, étaient peignés vers l'arrière, et les favoris qui ombraient la ligne dure de ses mâchoires lui donnaient l'air d'un gentleman du XIXe siècle.

– Posez-moi à terre, Jason.

Sa voix était calme devant le maître d'hôtel qui les regardait, dans l'attente d'un ordre.

— Vous ne pesez guère plus que lorsque vous aviez quinze ans, Dinah. Vous souvenez-vous que parfois vous vous endormiez devant la télévision et que je vous portais jusqu'à votre lit?

— Jason, dit-elle d'une voix où perçait une note de panique, il est fort regrettable que vous ne vous soyez pas toujours souvenu que j'étais votre pupille.

A ces mots, il la lâcha brutalement comme s'il s'était brûlé à son contact. Il la toisa du regard et elle se recroquevilla à la vue de ses poings serrés.

Elle l'entendit reprendre sa respiration.

— Aujourd'hui, Harding, Miss Dinah est devenue ma femme.

— Vraiment, Monsieur? répondit Harding avec toute la déférence qui le caractérisait. Puis-je vous présenter mes félicitations?

— Avec plaisir, Harding.

Jason laissa échapper un rire bref et cynique.

— Nous espérons trouver le bonheur dans ce mariage et nous vous remercions de votre marque de sympathie.

Dinah restait debout, embarrassée. Elle lui avait dit une chose cruelle mais il avait dû enfin comprendre qu'il n'y avait plus aucun moyen de revenir en arrière, à l'époque où ils coulaient des jours heureux en tant que tuteur et pupille.

Mais c'était lui qui avait tout détruit... lui et ces deux commères qui par une belle nuit de la Toussaint, avaient donné libre cours à leur ressentiment, bien à l'abri des lourdes tentures du salon.

4

Ainsi, elle était de retour dans cette maison de Devrel Drive, accrochée depuis si longtemps aux falaises du Havenshore que les rêves et les souffrances de toutes les générations précédentes semblaient murmurer dans la nuit lorsque la brise du large faisait bruire le lierre qui dissimulait les murs épais.

Revenir dans la maison où elle s'était enfuie, procurait à Dinah une étrange sensation, comme si elle réintégrait une prison aux barreaux invisibles pour y purger une peine de sept mois.

Le soir de leur arrivée, ils dînèrent d'un superbe plateau de fruits de mer, accompagné d'un vin blanc sec et suivi de poires Belle Hélène. Jason avait l'un des meilleurs cuisiniers français du pays. Il allait sans dire que le personnel était trié sur le volet et avant le repas, Dinah avait fait la connaissance de sa femme de chambre, une jeune fille nommée Hester à la peau fraîche comme un fruit mûr et dont les intonations mélodieuses avaient le pouvoir de calmer ses nerfs fragiles.

— Je prendrai soin de vous, Miss Dinah, lui déclarat-elle. Je suis au courant pour le bébé. Le maître est monté et m'a demandé de veiller sur vous. Il veut que le bébé soit fort, vous comprenez?

— Vraiment? répondit Dinah d'une voix froide. C'est facile à dire!

– Vous ne devez pas vous inquiéter, Miss. Il faut au contraire apprendre à vous détendre et le moment venu, le bébé naîtra tout seul, comme une châtaigne sortant de sa bogue.

A ces mots, Dinah ne put s'empêcher de sourire. Hester avait approximativement son âge et elle parlait déjà comme une matrone.

– Comment pouvez-vous savoir que ce sera aussi facile?

– J'ai trois sœurs et quatre frères, répondit-elle et ma mère a mené à bien toutes ses grossesses car elle n'a jamais rien laissé la bouleverser. C'est là tout le secret, Miss Dinah. Prenez les choses comme elles viennent. Soyez aussi insouciante que les poissons et les oiseaux. Faites comme je vous dis et vous verrez que tout ira bien.

– Est-ce une promesse? s'enquit Dinah, désireuse de trouver enfin un havre de paix dans la tourmente qui avait balayé son destin.

Qu'ils étaient loin les rêves romantiques qu'elle nourrissait au collège... désirs ardents et histoires d'amour s'étaient dissipés comme les embruns au contact des rochers.

Tout en regardant Jason à travers les volutes de fumée de son cigare, Dinah se demandait si donner naissance à son enfant serait une expérience simple et elle éprouvait une certaine rancœur à l'idée que pour lui, devenir père serait si facile.

Ils s'étaient retirés dans le salon de musique, sa pièce favorite, où le piano à queue, noir et étincelant, côtoyait un poste de télévision au milieu de nombreuses étagères garnies de disques et de cassettes vidéo. Les meubles, harmonieusement disséminés alentour, étaient en bois rares et tous d'époque. Le parquet disparaissait sous d'épais tapis aux couleurs chatoyantes. On ne le cirait jamais et le temps lui avait donné une patine naturelle qui faisait ressortir les veines profondes du bois.

Dinah parcourut la pièce du regard et se souvint des longues soirées d'antan, lorsque Jason s'asseyait au piano et jouait de magnifiques nocturnes dont les notes cristallines s'échappaient par les baies qui s'ouvraient sur la terrasse. Profondément enfoncée dans un fauteuil en rotin, elle écoutait la musique et quelque part dans le jardin, un rossignol répondait à la mélodie mécanique. Jason avait appris le piano tout jeune puis l'avait abandonné pour ne s'y remettre que quelques années plus tôt. Il jouait bien... mais comment s'en étonner. Jason réussissait toujours ce qu'il entreprenait avec une surprenante facilité.

Tout au long de son adolescence, elle l'avait admiré, tant physiquement que moralement... sans se douter qu'un jour leurs deux volontés entreraient en conflit.

La maison de Devrel Drive avait son histoire. On racontait en effet que jadis une jeune fille s'était précipitée du haut des falaises par amour. Mais Dinah se plaisait à croire que c'était par désespoir.

C'est dans le salon de musique que se trouvait le portrait de la mère de Jason... un tableau d'une beauté vibrante dont les tons pastel semblaient prendre vie sur la toile. Ses yeux noirs étaient empreints de tristesse, comme si déjà elle savait qu'elle ne survivrait pas à l'enfant qu'elle attendait au moment où le portrait fut exécuté.

Est-ce le fait de ne pas avoir eu de mère qui avait transformé Jason en un homme hautain et sûr de lui, apparemment dénué de tout sentiment personnel. Dinah au contraire avait un tempérament passionné et la moindre altercation la bouleversait et lui donnait envie de pleurer toutes les larmes de son corps.

— Le vin vous a-t-il fatiguée? demanda-t-il en la regardant s'allonger sur le tapis, au pied de la cheminée.

Il s'approcha du feu et jeta les cendres de son cigare

dans l'âtre avant de le remettre au coin de sa bouche.

– Heureuse d'être de retour?

– La maison a toujours son ambiance, répliqua-t-elle, prudemment.

Il la regardait à travers l'écran de fumée qui noyait son visage pour aller se perdre dans ses cheveux. Puis ses yeux se posèrent sur le portrait de sa mère, l'étudiant pendant de longues minutes avant de revenir sur Dinah.

– Votre portrait devrait être accroché à côté de celui de ma mère ou de ma grand-mère. Qu'en pensez-vous, Dinah?

– A la différence que je ne resterai pas assez longtemps pour être considérée comme une Devrel. Oubliez cette idée!

– Nous verrons plus tard.

Du pied, il repoussa une bûche à demi consumée dans le feu.

– J'aime votre robe, comment appelez-vous cette couleur?

– Abricot.

La robe en mousseline de soie datait de l'époque où elle était sa pupille et il aurait dû la reconnaître, mais les hommes se souviennent rarement d'un modèle, ils conservent plutôt une impression fugitive des vêtements.

Les souvenirs affluaient à l'esprit de Dinah. Elle portait cette robe le jour de ses 19 ans, quand Jason lui avait offert un collier en perles et l'avait accroché à son cou. Elle se rappelait encore son tressaillement lorsque ses doigts avaient effleuré sa nuque... elle avait sursauté si brusquement que le fil du collier s'était cassé. Jason avait laissé échapper un juron mais les petites perles brillantes s'étaient éparpillées sur le parquet et elle s'était mise à genoux pour les récupérer une à une dans le creux de sa main.

C'était la raison pour laquelle elle avait décidé d'arborer

cette robe abricot ce soir. Elle le regarda à travers ses cils et comprit à sa grimace que la scène des perles lui était revenue en mémoire.

— Mon Dieu! murmura-t-il, en jetant son bout de cigare dans la cheminée. Les perles de la malchance?

— Avez-vous parlé, Jason? demanda-t-elle sournoisement.

— Il n'y a pas de doute, dit-il pensivement. Une femme peut être impitoyable quand elle hait... ou quand elle aime?

— L'amour est un sujet de conversation tabou entre nous, parlons d'autre chose.

— Ne laissez pas vos sentiments pour moi détruire votre charme, Dinah.

Les mots qu'il prononçait étaient aussi durs et incisifs que son attitude.

— Vous possédez une simplicité charmante sans être vaniteuse... combinaison rare chez une femme. Ne la perdez pas!

— Jason, vous parlez comme un homme qui ferme la porte après que le cheval se soit échappé! Vous vous considérez comme un cavalier émérite, vous savez donc que lorsque vous matez une bête, elle ne retrouve plus sa fierté. Elle ira même jusqu'à vous mordre si l'occasion se présente.

— Il suffit de lui tendre un sucre.

Son sourire fut bref et n'atteignit pas ses yeux.

— Je me méfierais plutôt de vous, question morsure! ajouta-t-il.

Instantanément, et comme s'il avait appuyé sur un bouton, Dinah retrouva l'image de ses épaules nues et bronzées portant l'empreinte de ses dents.. Il avait ri de bon cœur, croyant qu'elle l'avait mordu sous l'effet de la passion, alors qu'il la précipitait dans un vide troublant où les sanglots résonnaient gravement.

Couchée sur le tapis, Dinah contemplait les dragons en fer qui flanquaient la grande cheminée. Les couleurs avaient envahi son visage à l'idée que lui aussi vivait dans le souvenir de cette nuit de la Toussaint.

– Voulez-vous que j'allume la télévision? s'enquit Jason, comme s'il voulait chasser de son esprit ces images trop personnelles, ou préférez-vous revoir « The champ »? Nous l'avons déjà vu une douzaine de fois mais vous l'aimez tant!

Dinah fit non de la tête. Elle ne pourrait s'empêcher de pleurer en revoyant ce petit garçon blond et surtout la scène finale, lorsque son père meurt et qu'il essaie à grands cris de le ramener à la vie. Il lui brisait le cœur à chaque fois et si elle commençait à pleurer ce soir, elle ne voyait pas comment elle pourrait s'arrêter.

Jason s'assit brusquement dans un des fauteuils proches de la cheminée et Dinah trouva qu'elle était un peu trop près de ses longues jambes. Il la tenait sous son regard d'acier, presque hypnotisée.

– Les femmes aiment à s'asseoir sur les tapis comme les chats et dans un certain sens, elles leur ressemblent et cherchent toujours à être corrompues ou choyées.

– Avec quoi allez-vous essayer de me corrompre?

Sa bouche forma une grimace tandis qu'il retirait une petite boîte carrée de la poche intérieure de sa veste de velours noir. Il la laissa tomber sur ses genoux.

– Ouvrez-la, commanda-t-il.

– Est-ce la bague dont vous m'avez parlé?

– Oui.

– Je ne tiens pas à l'avoir, Jason.

– J'insiste.

– Dans ce cas...

Elle haussa les épaules et l'ouvrit. Les pierres scintillèrent autout de l'anneau en or. La monture était ancienne mais magnifique. C'était le genre de bague qui ne pouvait briller qu'au doigt d'une femme tendrement aimée.

– Ne m'obligez pas à la porter, dit-elle dans un souffle.

– Pourquoi pas? rétorqua Jason d'une voix exceptionnellement grave.

– Je suis sûre que votre grand-père l'a fait faire exprès à l'intention de sa femme.

– La monture peut être modifiée, Dinah, si vous le souhaitez.

– Non... non, elle y perdrait en beauté.

– Si donc vous la trouvez belle, passez-la à votre doigt.

– Elle ne m'ira pas, protesta-t-elle.

– Pourquoi?

– Vous... vous le savez fort bien.

– Moi?

Elle le regarda à travers une mèche rebelle. Ses yeux s'étaient rembrunis.

– Je pense que vous devriez la remettre à sa place, dans le coffre et la garder pour la femme qui viendra après moi.

– Je vous ai dit, Dinah que je ne me remarierai pas.

– Comment pouvez-vous en être aussi sûr?

– Je le sais. Maintenant, passez cette bague ou préférez-vous que je le fasse pour vous? Quoi que vous puissiez penser j'ai toujours désiré vous offrir ce bijou de famille.

Elle la glissa à contrecœur contre son alliance. Quand elle quitterait Jason, elle laisserait les bagues derrière elle... elle ne voulait conserver aucun souvenir de leur mariage.

Jason se leva brusquement et se dirigea vers un guéridon de style Régence. Il choisit deux verres ballon en cristal, aux pieds élancés, et versa deux cognacs. Il en tendit un à

Dinah. Elle le réchauffa dans le creux de ses mains et huma l'arôme odorant du liquide ambré. Jason fit de même et comme d'habitude, Dinah remarqua la satisfaction qu'il éprouvait au contact des belles choses.

La pièce dans laquelle ils se tenaient était également ravissante, baignée dans une lumière douce que diffusaient des appliques murales en cuivre. De lourdes tentures en soie ivoire dissimulaient les fenêtres à meneaux, derrière lesquelles les vagues venaient se fracasser contre les falaises.

— Nous voilà revenus comme au bon vieux temps, remarqua Jason. Vous et moi, seuls dans cette pièce, isolés du monde. Je me souviens, lorsque vous étiez jeune, vous compariez cette maison à un château hanté et vous n'aviez jamais peur des épais brouillards d'hiver qui montaient de la mer.

— Vous aimez vous retirer du reste du monde, n'est-ce pas, Jason?

Elle le regardait, fraîche dans sa robe de mousseline, les cheveux lui arrivant à peine aux épaules.

Il ébaucha un sourire et avala une gorgée de cognac avant de poursuivre :

— Il est parfois agréable, Dinah, d'oublier un peu le monde infatigable et violent dans lequel nous vivons. Je crois que j'aurais aimé naître au dix-neuvième siècle.

— En effet, je vous verrais bien vêtu du costume de cette époque et il faut avouer que vous avez conservé la mentalité du siècle dernier en matière de femme – vous êtes toujours intimement persuadé que leur place est à la maison, au service de leur seigneur et maître!

— Avez-vous le sentiment de vivre sous ma férule, Dinah?

— Oui, avoua-t-elle. Notre mariage ne signifie rien d'autre pour moi.

Il faisait tourner son cognac dans son verre.

– Gardez-vous un journal où vous consignez tous les sarcasmes que vous me dédiez?

– Non, mais c'est une bonne idée. Je vais y réfléchir sérieusement.

A ce moment, la pendule en bois de rose égrena des notes cristallines qui résonnèrent dans toute la pièce.

– Le temps, murmura Jason, combien en faut-il pour effacer certains souvenirs? J'ai envie de jouer...

Dinah eut un brusque sursaut et renversa un peu de cognac sur sa robe.

– Du piano, ma chère!

Il se dirigea vers l'instrument et caressa les touches d'ivoire patinées par le temps.

– Avez-vous envie de m'écouter?

– Je n'ai rien de mieux à faire.

Elle frottait sa robe avec un mouchoir et ne le regardait pas.

Il s'installa sur le tabouret, ses doigts racés se mirent à courir sur le clavier et il entama la Noche Triste.

– Savez-vous, Dinah, que les paroles de cette mélodie sont très romantiques?

Elle fit non de la tête, et sa voix profonde teintée d'une note moqueuse s'éleva au-dessus de la musique :

– « Méfiez-vous du vin d'amour. Il doit être savouré avec plaisir sinon il se transforme en larmes. Un amour solitaire est comme un vin acerbe. Méfiez-vous lorsque vous le goûtez ».

– Ce ne sont pas des paroles très modernes, commenta-t-elle.

Il continua à jouer, passant d'un morceau à un autre, et Dinah se sentit irrésistiblement attirée par le piano sur lequel elle alla s'appuyer, rêve fragile dans sa robe vaporeuse.

Comme la musique s'arrêtait, elle ne put supporter le poids du silence soudain et déclara d'une voix hésitante :

– Je me demande pendant combien de temps encore je vais pouvoir porter mes jolies robes?

– Je vous en achèterai d'autres, répondit Jason en refermant le piano. Avec de grands plis sous lequels vous pourrez cacher votre terrible secret.

– Vous n'êtes qu'un goujat, dit-elle en s'éloignant de lui. J'avoue que vous avez trouvé un bon prétexte pour me retenir prisonnière.

– Mon beau papillon en cage!

Il la suivit à travers la pièce et dans un accès de colère subit, elle se retourna et le gifla à toute volée, laissant sur son visage l'empreinte de ses doigts.

– Je voudrais que le temps que j'ai à rester auprès de vous passe très vite, haleta-t-elle. Je... je voudrais être déjà partie.

– Mais nous venons juste d'arriver!

Rien dans sa voix ne trahissait qu'elle l'avait blessé.

– Oh! Pourquoi en sommes-nous là? Je déteste être dans cet état et je vous hais pour ce que vous avez fait de moi.

– Seulement ma femme.

– Mes sentiments ne comptent-ils pas? Réflexion faite, je crois même que vous êtes fier de vous.

– Je ne peux nier que j'ai envie de cet enfant.

– Allez donc en enfer, Jason!

– Je crois en effet que le paradis n'est plus à ma portée, dit-il en haussant les épaules.

– Vous n'avez qu'une pierre à la place du cœur.

Il se toucha ironiquement la poitrine.

– Tout me paraît normal pourtant.

– Notre... relation n'a rien de normal!

Elle tournait dans la pièce, prenant çà et là des bibelots, tenaillée par l'envie de casser celui auquel il tenait le plus. C'était surtout son cœur qu'elle souhaitait briser. Si au moins elle savait comment s'y prendre!

– J'ai... j'ai une idée.

Elle se tourna vers lui d'un air de défi.

– Si vous partiez en voyage? Pourquoi ne pas aller en Europe visiter tous ces musées fascinants et galeries d'art dont vous m'avez parlé... je serais heureuse de rester seule ici. Pourquoi n'iriez-vous pas à Rome?

– Pour admirer les statues?

– Ou à Paris?

– Pour contempler la Tour Eiffel et rencontrer des femmes civilisées?

– Londres alors?

– Pour voir les lions de Trafalgar Square et monter dans un bus à impériale? Venez avec moi, Dinah!

Elle secoua la tête et ses épaules s'affaissèrent.

– Je serai bientôt aussi grosse qu'un autobus!

– Voyons, Dinah, vous attendez un bébé, pas un éléphant! Vous devez essayer de penser à l'avenir.

Il s'était tellement rapproché d'elle que dans un réflexe, elle leva brusquement la main comme si elle voulait le frapper.

– Ne... ne me touchez pas!

Leurs regards se rencontrèrent et il lui sembla qu'il touchait du doigt sa misère sans fin. Ses yeux se remplirent de larmes et de grandes ombres apparurent sur son visage.

– Dinah, allons! il n'y a rien de si dramatique.

Rageuse, elle essuya ses larmes. Elle avait juré qu'elle ne pleurerait plus devant lui mais elle était si malheureuse qu'elle avait envie de hurler et de s'arracher les cheveux.

– Allez-vous souffrir ainsi pendant toute la durée de notre mariage? s'enquit-il.

– J'espère que oui.

– Ne voulez-vous pas que je vous réconforte un peu?

– Je n'ai que faire de votre sollicitude, répondit-elle amèrement.

– Acceptez au moins un autre verre avant de monter vous coucher!

– Pourquoi pas? Et vous pouvez le remplir jusqu'à ras bord. L'alcool m'aidera peut-être à oublier?

– Ce sera un petit verre Dinah. Vous ne pouvez vous permettre aucun excès dans votre état. Ecoutez, mon enfant...

– Je ne serai plus jamais une enfant, Jason. Il faudra que vous vous y habituiez.

Un profond silence s'établit entre eux, seulement troublé par la senteur délicate d'une coupe de roses rouge sang toute proche.

Jason étendit la main et releva les mèches qui dissimulaient ses yeux.

– Vous êtes si bouleversée, Dinah, dites-moi ce que je peux faire?

– Vous vous montrez inquiet pour votre futur héritier, vous avez donc peur que je le perde en étant si nerveuse!

Puis avant qu'il n'ait pu répondre, elle enleva brutalement sa main.

– Je vous ai déjà dit que je ne voulais pas que vous me touchiez. Vous me rendez malade.

Sa phrase à peine terminée, Dinah se précipita vers la porte, l'ouvrit à toute volée, traversa le hall et grimpa les marches en courant.

Elle avait le souffle court lorsqu'elle arriva dans l'aile Lady Grace. Elle y disposait d'une nouvelle chambre... loin de celle qui renfermait ses souvenirs et d'où elle s'était enfuie.

Elle poussa la porte derrière elle et ferma d'un tour de clé énergique. Puis elle alla s'étendre sur le lit, dans l'espoir de calmer les battements désordonnés de son cœur.

Jason ne la suivrait pas... il n'oserait pas après toutes les méchancetés qu'elle lui avait jetées à la figure. Son cœur se calma peu à peu, elle ferma les yeux et se laissa bercer par le bruit des vagues qui s'écrasaient contre la falaise. Elle sentait à sa main gauche le poids des bagues étincelantes... Jason avait obtenu ce qu'il voulait : elle était de retour à Devrel Drive et elle devait y attendre cet enfant qu'elle ne désirait pas.

5

Dans les semaines qui suivirent, Dinah fit la connaissance de deux nouvelles personnes qu'elle fut ensuite amenée à rencontrer fréquemment. L'une d'entre elles, Rita Malcolm, était gynécologue de son état et Jason avait pris de sérieux renseignements sur elle avant de lui confier Dinah.

Le docteur Malcolm était une femme d'environ quarante ans; elle portait ses cheveux noirs noués bas sur la nuque et ses yeux étaient à la fois vifs et compréhensifs. Elle examina Dinah et lui posa les questions habituelles. Oui, elle savait exactement quand l'enfant avait été conçu : la nuit de la Toussaint.

— Vous paraissez sûre de vous, dit le docteur en souriant. Dois-je comprendre que ce fut une nuit spéciale pour vous et votre mari?

Dinah se tenait assise devant le bureau du docteur, les yeux baissés.

— Dans un certain sens, oui.

Rita Malcolm inscrivit la date dans son dossier.

— Nous pouvons donc espérer une naissance pour approximativement le premier août. Joli mois pour la venue au monde d'un bébé! Est-ce prémédité?

Dinah sursauta.

— Bien sûr que non.

— Je me demandais...

Rita Malcolm se laissa aller contre le dossier de son fauteuil et étudia Dinah qui paraissait très jeune dans son ensemble en mohair de couleur crème et ses bottes en peau retournée. Son visage fin était auréolé par des cheveux soyeux, la courbe de ses lèvres était douce et consentante, mais ses yeux bleus, dissimulés derrière les lunettes, restaient réservés. C'était les yeux d'une jeune femme perdue dans de tristes réflexions et non dans des pensées pleines de promesses.

— Vous désirez ce bébé, madame Devrel?

La voix du docteur trahissait une note d'inquiétude.

— Je sais, pour l'avoir rencontré, que votre mari est ravi et j'ai le sentiment qu'il fera un excellent père. Son bonheur devrait vous rassurer. Êtes-vous inquiète de cette première maternité?

— Avez-vous des enfants, docteur?

Dinah avait remarqué la large alliance en or qui brillant à sa main gauche.

— J'ai des jumeaux. Ils poursuivent leurs études à l'université. Mon mari était médecin, comme moi, mais il a contracté une maladie du sang incurable et j'ai perdu le seul homme que j'aie jamais aimé.

— Je suis désolée.

Dinah aurait voulu lui confier la nature de ses craintes, lui expliquer la différence qu'il y avait entre un bébé attendu par un couple amoureux et un autre imposé par les circonstances.

— Madame Devrel, je peux d'ores et déjà vous rassurer. Vous êtes en excellente santé, bien qu'un peu surmenée nerveusement. Je voudrais tout de même que vous preniez un peu plus de poids.

— Mais je vais devenir énorme! protesta Dinah.

Le docteur Malcolm sourit.

— J'en doute. Vous êtes actuellement vraiment trop mince. Il faut des forces pour porter un bébé confortablement. C'est votre premier enfant et mieux vaut écarter tout risque de problèmes.

— Vous attendez-vous à des complications? demanda Dinah, en proie à une soudain angoisse.

— Aucune que je puisse déceler aujourd'hui. Contentez-vous de suivre les conseils que je vous ai donnés : mangez davantage et ménagez vos nerfs fragiles. En règle générale, êtes-vous d'un tempérament nerveux?

— Assez, admit Dinah.

Elle avait toujours besoin de s'agiter alors que Jason pouvait rester assis sans bouger pendant plus d'une heure, à fumer un de ses fins cigares.

— Vous devriez apprendre à vous détendre, répéta le docteur. Vous n'avez aucun souci matériel, votre mari possède la moitié du Havenshore et vous habitez dans une ravissante maison, perchée sur la falaise. Laissez-moi deviner! Vous n'êtes pas mariée depuis longtemps, et vous ne vous êtes pas encore habituée à votre nouvelle situation?

Les poings de Dinah se serrèrent et elle sentit ses ongles pénétrer dans la chair tendue de ses paumes.

— Que se passe-t-il? N'êtes-vous pas amoureuse de votre mari, madame Devrel?

— Jason... Jason était mon tuteur.

Les mots sortaient tout seuls des lèvres tremblantes de Dinah.

— Je vois.

Le docteur tapota la pile de papiers qui se trouvait devant elle avec le bout de son crayon.

— Et vous vous êtes... mariés. Eh bien, si vous voulez connaître mon avis, je crois que vous devez être une jeune femme heureuse. Votre mari est un véritable aristocrate et le descendant de l'une des plus vieilles familles de l'Ouest de notre pays. Est-il vrai que du sang espagnol coule dans ses veines?

– Oui, sa grand-mère était la fille d'un *conde*.

– Alors je vous le répète, insista-t-elle avec un chaleureux sourire. Vous avez de la chance! Votre mari est aussi séduisant qu'un espagnol au sang chaud.

– Le pensez-vous vraiment? demanda Dinah, mais le ton de sa voix s'était durci.

– Ce n'est pas vous qui allez me contredire, madame Devrel? Je suis passée devant votre maison récemment. Quel endroit ravissant! Peut-être, un de ces jours, aurez-vous la gentillesse de m'inviter à dîner?

– Vous serez la bienvenue, répondit Dinah spontanément.

– Merci. Maintenant, n'oubliez pas mes conseils, et de mon côté, je vais prendre les dispositions nécessaires pour que vous suiviez des cours de relaxation. Ils se déroulent dans ce même bâtiment. Vous verrez, ils vous amuseront et vous permettront de rencontrer d'autres jeunes futures mamans. Je suis sûre que leur compagnie dissipera votre appréhension.

Elles se quittèrent enfin et Dinah regagna la longue Mercedes-Benz au volant de laquelle l'attendait Jenkins, qui nourrissait de tendres sentiments pour Hester, sa femme de chambre.

Jason refusait de lui laisser conduire la voiture de sport qu'il lui avait offerte à sa sortie du collège. Elle l'avait laissée dans le garage lorsqu'elle s'était enfuie de Devrel Drive car elle ne voulait rien garder de lui. Maintenant qu'elle était de retour, il refusait de lui remettre les clés, prétendant qu'elle ne pouvait conduire prudemment dans son état d'esprit et qu'elle risquait de mettre la vie de son enfant en danger.

Son enfant, pensa-t-elle, comme elle grimpait dans la confortable Mercedes. Toujours son enfant!

– Est-ce que tout va bien, madame Devrel? demanda Jenkins, inquiet.

– Ne vous tourmentez pas! Le précieux héritier se porte à merveille.

Dinah parlait d'une voix acerbe car il semblait maintenant que tout le monde fût au courant de sa grossesse et naturellement, les gens se montraient plus empressés à demander des nouvelles du futur Devrel que de sa mère!

Le chauffeur eut un franc sourire.

– Hester m'a dit que vous désiriez un garçon.

– En effet, répondit-elle. Les garçons sont toujours plus forts et en imposent davantage.

– C'est un fait, Madame, mais les filles sont si jolies!

Jenkis ferma doucement la portière – comme si Dinah était en porcelaine – et s'installa derrière le volant. Il la ramena en choisissant des routes de campagne tranquilles, alors que la tempête de neige de la veille avait transformé le paysage en une véritable carte de Noël.

Pour la première fois en onze ans, Dinah n'avait pas passé Noël avec Jason qui, comme la tradition Devrel le voulait, avait organisé une splendide soirée, autour d'un magnifique sapin tout enluminé, au pied duquel s'étalaient des paquets multicolores destinés à chacun des membres de son personnel.

De son côté, Dinah avait fait de nombreuses heures supplémentaires au magasin, contaminée par l'excitation de ceux qui attendaient le dernier moment pour acheter des présents à leurs proches et amis. Puis elle avait parcouru les rues de Londres en compagnie de ses amies, chantant gaiement Noël, pendant un court instant, elle avait oublié ses terribles angoisses. Le lendemain matin, elle avait assisté à la messe et en reconnaissant la crèche de la Nativité, elle avait été submergée par un immense sentiment de culpabilité... comme si elle pressentait déjà qu'elle ne pourrait se séparer de cet enfant que, dans un élan de passion, Jason avait conçu.

A présent, elle était là, soigneusement emmitouflée, rassurée par le docteur et certaine qu'un délicieux déjeuner l'attendait à la maison. C'était vrai qu'elle ne mangeait pas beaucoup mais elle n'était pas heureuse.

Dinah pensait parfois que plus jamais elle ne connaîtrait le bonheur ni le sentiment de vivre le cœur léger.

Ce soir-là, juste avant le dîner, Jason l'informa que le docteur Malcolm lui avait téléphoné pour l'entretenir de sa visite et insister pour que Dinah mange davantage.

Dinah haussa les épaules, heureuse d'avoir pu revêtir une de ses anciennes robes, en soie opaline, simplement retenue à la taille par une chaînette en argent.

Elle tourbillonna devant Jason comme un mannequin.

— Peut-être suis-je désireuse de conserver ma silhouette aussi longtemps que possible, dit-elle, moqueuse. Je n'ai certes pas envie de m'empiffrer pour devenir difforme et vous faire plaisir.

— Cessez un peu de vous plaindre, soupira Jason.

Et avant qu'elle n'ait pu réagir, il posa ses mains sur ses hanches et l'attira contre lui, tout en soutenant son regard bleu où se lisait toute la colère du monde.

— Il est temps que quelqu'un vous dise que la maternité vous embellit et étant votre mari, je crois être bien placé pour le faire. Votre peau est aussi douce que la soie et son grain est plus fin encore que celui du tissu arachnéen de votre robe, avec juste une touche de couleur sur les joues. Je sais que vous n'appréciez pas les compliments, Dinah, surtout venant de moi. Vous croyez qu'ils ne sont que le prélude de ma visite dans votre chambre et au réveil des démons qui m'habitent. N'ai-je pas raison?

Elle rougit davantage puis se souvenant que le docteur Malcolm le trouvait séduisant, elle laissa errer son regard sur son visage, recherchant une empreinte latine dans la ligne puissante de ses mâchoires et qui sait? des lueurs maures dans ses yeux sombres. Été comme hiver, sa peau gardait un ton cannelle dorée et ses rares sourires révélaient des dents d'une éclatante blancheur.

— Me désirez-vous toujours? demanda-t-elle audacieusement.

— Naturellement.

Il répondit spontanément et sans ciller sous son regard.

— Je ne serais pas normal autrement – ou avez-vous déjà oublié que vous étiez ma femme?

Dinah accepta cette remarque avec un calme apparent, bien qu'intérieurement, elle fût troublée au point d'en perdre la respiration.

— N'avez-vous pas une maîtresse? voulut-elle savoir. Vous pourriez vous le permettre et je comprends que les hommes dans votre position aient une femme à leur disposition. Quelqu'un qui les admire et qui soit susceptible de pallier aux carences affectives de certaines épouses.

A ces mots, Jason raffermit son étreinte et une lueur glaciale apparut dans ses yeux.

— Vous mériteriez une fessée! Vous pensez pouvoir me provoquer sans réaction de ma part, du fait de votre état. Ne me poussez pas à bout, Dinah. Je risque de perdre mon sang-froid et alors rien ne pourra m'arrêter. Vous le savez?

— Oui, répondit-elle et en se souvenant de la violence qu'il pouvait déployer, son sang ne fit qu'un tour.

Elle se méprisait de se laisser ainsi intimider mais il était beaucoup plus fort qu'elle et elle sentait à travers la soie de sa robe la puissance de ce corps musclé.

Puis tout d'un coup elle s'entendit déclarer:

— Que feriez-vous, Jason, si je vous disais que vous pouvez venir dans ma chambre et partager mon lit?

— Je saisirais l'occasion, répondit-il.

– Mais je ne vous y inviterai jamais, Jason, et vous le savez.

– Je ne risque pas de l'oublier, en effet.

– Voyez-vous, je n'aurais jamais pensé que mon tuteur pouvait se transformer en un homme diabolique!

– Vous me gâtez, ma chère.

Sa voix restait calme mais quelque chose dans son regard indiqua à Dinah qu'elle l'avait touché dans sa fierté.

– Comment vous décririez-vous? s'enquit-elle. Comment qualifieriez-vous ce qui s'est passé entre nous? Ne me dites pas qu'il existe un mot romantique pour ce genre de choses!

– Ce qui se passe entre un homme et une femme ne peut pas toujours s'expliquer en termes simples, répondit-il. Le fait de porter des vêtements, de manger avec une fourchette et un couteau ou de se laver ne prouve pas que nous soyons définitivement sortis de l'ère des cavernes. Nous pouvons tenir de brillantes conversations, envoyer des hommes dans la lune, mais nous sommes toujours esclaves de nos impulsions.

– Vous peut-être, concéda-t-elle. N'est-il pas vrai que les Maures ont longtemps régné sur l'Andalousie et que s'ils ont laissé des fontaines dans les jardins espagnols, ils ont aussi laissé la sécheresse dans le sang des hommes?

– C'est du moins ce que l'on dit.

Jason la lâcha et se détourna, les yeux baissés.

– Votre bébé héritera de ce patrimoine génétique. Est-ce cela qui vous inquiète, Dinah?

– Pourquoi? Après tout, c'est vous qui élèverez votre fils.

Jason fit une brusque volte-face.

– Ainsi, vous avez décidé que ce serait un garçon?

Dinah jouait avec la ceinture de sa robe.

– Les hommes préfèrent les garçons, je crois. Le vôtre

aura de la chance. Il héritera en plus de cette maison, de vos terres, de la banque et de ses succursales. Vous avez bien dit que vous ne vous remarieriez pas?

– Je n'ai pas changé d'avis, Dinah.

Son regard était dur et il poursuivit sans ciller :

– Une expérience du mariage me suffit et si l'enfant s'avère être un garçon... il grandira comme moi, sans avoir connu sa mère autrement que par un tableau accroché au mur.

Pendant le dîner, Jason informa Dinah qu'un artiste célèbre allait venir à Havenshore pour exécuter son portrait.

– Son nom est Barry Sothern. Il est très doué pour peindre les femmes et ses meilleures toiles sont exposées dans les plus grandes galeries d'art.

– Pourquoi tenez-vous tellement à avoir un portrait de moi?

Dinah planta les dents de sa fourchette dans un steak parfaitement cuit.

– Je croyais au contraire que vous seriez heureux de m'oublier au plus vite, au lieu de m'immortaliser sur une toile qui vous rappellera toujours l'échec de notre mariage.

– Je pense à l'enfant, répondit Jason, portant à ses lèvres un verre de Montrachet. Il ou elle voudra connaître celle qui a lâchement abandonné son père. Qu'en pensez-vous?

– Je... je n'en suis pas certaine.

Dinah faisait tourner le pied de son verre entre ses doigts fins, ayant perdu toute envie de manger.

– Votre mère est décédée... et vous n'aviez rien à lui reprocher. Moi, je pars de mon plein gré et si je survis à l'accouchement...

– Bien sûr que vous allez y survivre, dit-il avec brusquerie. Avez-vous terminé votre dîner? J'ai demandé à

Léon de préparer un de vos plats favoris et vous le laissez refroidir !

— Oh ! arrêtez Jason.

Elle repoussa son assiette.

— Parlons plutôt de ce peintre. Est-il jeune ?

— La quarantaine. J'ai vu un jour un de ses tableaux à la galerie Tate. C'était le portrait d'une jeune fille sur une plage déserte et sauvage. Le vent soufflait dans ses cheveux et les transformait en une pluie d'or fin qui couvrait ses épaules. Sa robe en coton bleu était plaquée sur son corps que l'on devinait ravissant. J'étais jeune et je fus impressionné au point de retourner plusieurs fois contempler cette peinture.

— Peut-être avez-vous davantage succombé au charme de la jeune fille qu'à la technique du maître ? l'interrompit-elle.

— C'est fort possible.

Jason but une grande gorgée de vin.

— Je voulais acheter cette toile mais elle n'était pas à vendre. Réflexion faite, je pense qu'il aimait éperdument cette jeune fille et que cet amour n'était pas réciproque. Quoi qu'il en soit, je ne l'ai jamais oubliée et quand j'ai pensé à faire exécuter votre portrait, j'ai tout de suite appelé Sothern. Il est d'ores et déjà d'accord pour vous rencontrer. Il m'a prévenu qu'il n'acceptait pas toujours une commande, même bien rémunérée. Vous avez donc intérêt à bien vous conduire, Dinah.

— Je me conduis toujours bien avec les autres hommes, murmura-t-elle.

— Et combien d'autres hommes connaissez-vous ?

— Il y a Roger, mon coiffeur, et Fergus, le glacier qui ajoute toujours une cerise supplémentaire à ma coupe Suprême — pensez-vous que ce soit un signe révélateur ?

Jason ne put s'empêcher d'éclater de rire.

— Vous êtes de bonne compagnie, Dinah, lorsque vous le voulez. Mangez donc votre pudding au riz!

— Jason, tous les latins aiment-ils les femmes rondelettes? s'enquit-elle.

— C'est possible, mais n'oubliez pas que je ne le suis que pour un quart.

— Êtes-vous sérieux au sujet du portrait?

— Tout à fait. Je voudrais que Sothern vous immortalise comme cette jeune fille. Elle avait l'air à la fois si vivante et si éthérée.

— Je ne risque pas de rester longtemps éthérée avec le bébé et tous ces puddings au riz! grommela-t-elle.

— Sothern est assez habile pour dissimuler l'arrondi de votre taille, ne vous inquiétez pas.

Elle s'essuya les lèvres avec sa serviette damassée.

— J'ai une autre idée. Pourquoi ne poseriez-vous pas à ma place?

— Ne dites pas de bêtises, Dinah. Vous êtes toujours aussi séduisante.

— Le portrait de votre mère est ravissant, déclara-t-elle. Elle était enceinte de vous lorsqu'il a été exécuté?

Jason acquiesça.

— Il est dommage qu'elle n'ait jamais été heureuse... toute sa tristesse se lit dans ses yeux. Mais la jeune fille qu'a dépeinte Sothern était véritablement amoureuse et – vous l'ai-je dit? – le tableau s'appelle Domini.

— Croyez-vous que ce soit son prénom?

— Je pense que oui. Ce prénom original lui convenait très bien car son type de beauté était rare, une beauté naturelle, sans trace de maquillage. Sothern a réussi à traduire ce mélange de froideur patricienne et de passion dévorante.

— Jason, vous parlez comme si vous aussi vous étiez amoureux d'elle, dit Dinah en riant.

Mais elle était intriguée et à la limite, vexée de l'admiration qu'il portait à la jeune inconnue.

– Cela vous dérangerait-il si tel était le cas?

Il scrutait le visage de Dinah, en affichant une mimique comique.

– Disons que cela m'aiderait à vous trouver plus... plus humain, rétorqua-t-elle.

– Je ne savais pas que j'étais inhumain.

– Vous voulez dire froid et dur comme une pierre.

– Exactement.

– N'êtes-vous pas en pleine contradiction? Je pensais au contraire que vous me haïssiez pour n'être pas resté de bois.

– Ne me faites pas dire ce que je n'ai pas dit, Jason. Vous ne tenez jamais compte des sentiments d'autrui!

– Puis-je savoir comment vous êtes arrivée à cette magnifique conclusion?

– Vous... vous ne m'avez pas demandé mon avis.

– Nous sommes en plein mélodrame victorien, Dinah, répondit-il sèchement.

– Vous fuyez la vérité et vous arrangez toujours la situation à votre avantage, répliqua-t-elle immédiatement.

Jason contempla l'assiette vide de Dinah.

– Avez-vous aimé ce pudding?

– Il était excellent.

– Vous voyez! parfois les choses dont nous ne voulons pas s'avèrent meilleures que ce que nous aurions cru.

– Jason, comment pouvez-vous comparer un pudding au riz à... à...

Elle s'interrompit sous l'allusion.

Comme si la nuit passée entre ses bras pouvait être agréable alors qu'elle avait pleuré, l'avait griffé et cru mourir de honte!

– Vous vous êtes conduit comme... comme le sauvage que vous êtes! dit-elle, furieuse.

76

Une faible lueur éclaira son visage en voyant la confusion de Dinah.

— Mettez-le sur le compte des mes gènes Maures.

— Vous pouvez vous moquer! mais j'étais folle de honte quand j'ai découvert que j'attendais un bébé. Je ne savais plus que faire ni vers qui me tourner.

— J'étais là, Dinah.

Sa voix s'était radoucie.

— J'ai toujours attendu que vous vous manifestiez. Vous auriez dû le savoir.

— Vous appeler! pour que vous me disiez que vous étiez fier de votre prouesse? Vous auriez eu ainsi une raison supplémentaire de me retenir. Je... je commence même à croire que vous avez agi délibérément.

— Si cela vous fait plaisir, Dinah, allez-y. Si vous voulez me faire passer pour le satyre de l'année, je ne peux guère vous en empêcher. La plupart des femmes enceintes ont des réactions mi-figue mi-raisin mais dans votre cas, c'est carrément les raisins de la colère!

Dinah cherchait désespérément sur la table un objet à lui jeter à la figure.

— Je donnerais n'importe quoi pour enlever ce sourire sarcastique de votre visage!

— Pas le verre en cristal taillé! supplia-t-il. C'est un objet de valeur et d'autre part, je déteste me présenter à la banque le visage couvert de sparadrap.

— Au fait, comment avez-vous justifié les égratignures que j'avais laissées sur votre visage?

— Vous ne croyez tout de même pas que je suis allé travailler le lendemain?

Ses yeux noirs s'agrandirent de surprise à la seule pensée qu'elle pouvait l'avoir supposé.

— Vous vous étiez littéralement volatilisée, Dinah. Vous vous étiez enfuie Dieu sait où et mon seul but était de vous retrouver...

– Avez-vous imaginé que j'aurais pu me précipiter du haut des falaises comme cette pauvre fille?

Dinah voulait savoir.

– Êtes-vous sorti en mer avec l'équipe de sauvetage pour essayer de me repêcher?

– Si vous voulez le savoir, eh bien oui.

Elle le regarda avec surprise.

– Je pesais donc tant sur votre conscience?

– En effet.

– Je n'ai jamais pensé à me noyer, dit-elle pensivement. Je me demande pourquoi, d'ailleurs...

– Vous aimez trop la vie, Dinah. Vous avez toujours été une enfant vive et débordante de joie.

– Je ne suis plus une enfant, Jason. Au fait, le docteur Malcolm souhaiterait venir dîner un soir. Je crois qu'elle se pose des questions sur nous. Elle pense que vous êtes diablement séduisant et que j'ai de la chance de partager votre vite.

– Elle n'a pas complètement tort.

Il repoussa sa chaise, fit le tour de la table et l'aida à se lever.

– Nous prendrons le café dans le salon de musique. Je vous jouerai un peu de piano, cela vous détendra.

– Allons-nous inviter le docteur? insista-t-elle.

– C'est déjà fait. J'ai saisi l'occasion lorsqu'elle m'a téléphoné pour me dire que votre grossesse se déroulait normalement et continuerait de même si vous vous donnez la peine de manger les petits plats que Léon vous prépare avec amour.

– Je constate que vous avez largement diffusé la nouvelle de votre parternité sans vous soucier que les gens savent compter – que vont-ils penser de moi, Jason?

– Nous ne sommes plus au XIXe siècle, ma chérie, comme vous me l'avez gentiment fait remarquer au sujet de votre rendez-vous à la clinique?

– Je... je n'étais certes pas très fière de moi, releva-t-elle. Je préfère que vous n'employiez pas de mots aussi tendres avec moi. D'autre part, ce n'est pas dans les habitudes de votre classe sociale!

– Ma classe sociale, Dinah?

Il la toisa du regard.

– Oubliez-vous que votre mère était une parente éloignée de la mienne?

Dinah prit une expression pensive.

– J'aurais aimé lui ressembler. Mon père comparait toujours ses yeux à des bleuets et ses cheveux ondoyaient sous des crans ravissants.

– Chacun a quelque chose qui le différencie des autres, Dinah. Vous, vous avez une note sensuelle dans la voix et des chevilles diablement accrocheuses.

– J'essayerai de les montrer si Barry Sothern accepte d'exécuter mon portrait. Quand vais-je rencontrer ce grand artiste?

– Dimanche soir. Je l'ai invité à dîner en même temps que le docteur Malcolm.

– Parfait. Peut-être pourrais-je l'interroger sur Domini?

– Cela ne me paraît pas très avisé, dit Jason en fronçant les sourcils. Certains hommes n'aiment pas parler de leur vie privée, surtout à des inconnus.

– Je n'en suis pas certaine. Il est parfois plus facile de se confier à un étranger.

– Peut-être, avez-vous raison, Dinah.

Ils pénétrèrent dans le salon de musique où on leur servit le café. Jason s'installa au piano et entama la *Sonate n° 8* pour piano de Beethoven, plus connue sous le nom de *la Pathétique*. Dinah aimait particulièrement ce morceau et Jason l'interprétait avec une sensibilité qui lui rappelait les moments heureux qu'ils avaient passés ensemble.

Les visites à Londres dans ses restaurants favoris, les

pique-niques sur la plage, les concerts et les pièces de théâtre qui étaient censés parfaire son éducation, bien qu'il n'ai jamais choisi de sujets ardus. Elle avait adoré My Fair Lady. L'histoire de Cinderella lui avait beaucoup plu mais à cette époque, elle était encore romantique et elle avait cru en cet homme du monde qui avait transformé une jeune fille anonyme en une véritable princesse.

Dinah laissa échapper un profond soupir alors que Jason attaquait le *Liebestraum* de Liszt. Elle avait découvert qu'il avait une double personnalité et que derrière le gentleman se cachait un véritable sauvage. Elle appuya sa main sur son ventre où reposait l'enfant qui hériterait automatiquement de la force et de l'assurance de Jason Devrel.

Elle avait ôté ses lunettes et ne voyait de lui qu'une image floue. Elle devinait le mouvement élégant de ses mains sur le clavier... ces mains racées qui avaient subjugué son corps et l'avaient obligé à répondre à ses avances alors que son esprit refusait chaque baiser, chaque caresse, avant d'aboutir à ce plaisir sauvage dont le souvenir lui faisait mal.

Elle pouvait s'entendre respirer, les lèvres légèrement entrouvertes et humides. Sous sa main, elle sentait son ventre tendre la fine soie de sa robe alors qu'une grande langueur envahissait ses membres. Elle ne bougea pas lorsque Jason s'approcha d'elle à la fin du morceau.

Il la tenait sous son regard dominateur puis il s'agenouilla près d'elle et passa tendrement ses doigts fins dans ses cheveux.

— Vous auriez fait un admirable concertiste, lui dit-elle d'une voix enrouée.

Il remua la tête en signe de dénégation.

— J'aurais voulu me dédier à autre chose.

— A la banque?

Il ne répondit pas. Il se pencha vers elle, comme fasciné

par un mystère que lui seul pouvait déceler. Ses yeux étaient sombres... comme la nuit proche qui était tombée derrière les lourdes tentures en soie.

– Dinah?

Sa voix avait une note profonde comme un puits sans fond.

– Dinah...

Il écarta sa main avec douceur. Puis baissant la tête, ses lèvres chaudes l'embrassèrent à travers la soie opaline.

Elle eut une sursaut de surprise.

– Vous... vous ne devez pas.

– Vous l'avez déjà dit et voyez ce qui est arrivé.

Ses doigts ouvrirent la chaînette qui retenait sa robe à la taille. La pendule se mit à sonner au-dessus d'eux et les notes cristallines se mêlèrent au bruissement de la soie de la robe qu'il lui retirait.

Elle ne portait plus qu'un vêtement léger et son dos s'arqua sous la pression de ses mains qui la soulevèrent de terre jusqu'à ce que leurs lèvres ne soient plus séparées que par quelques centimètres.

– Ma chérie, murmura-t-il. Personne ne vous connaît mieux que moi, Dinah.

Elle ferma les yeux lorsque leurs lèvres se rencontrèrent... puis pesant de toutes ses forces, elle le repoussa brutalement.

– Ne... ne me touchez pas. Je vous déteste.

Tous les muscles de Jason semblèrent se raidir sous l'effort de volonté mais il réussit à s'écarter d'elle et se leva. Il se dirigea vers la fenêtre où il se tint, le dos tourné. Au bout d'un moment, il laissa tomber d'une voix dure :

– J'aurais dû deviner, n'est-ce pas?

– Deviner quoi, Jason?

Elle restait immobile, partagée entre des sentiments contradictoires qu'elle n'arrivait pas à analyser.

– Vous m'avez juste permis d'approcher pour prouver que le désir existe entre nous mais n'est pas permis.

– Je ne comprends rien à ce que vous dites!

Il fit volte-face et se passa les mains dans les cheveux.

– Nous ne serons jamais indifférents l'un à l'autre après cette nuit de la Toussaint... Je vous désire mais je dois payer. Espérons seulement que vous ne me pousserez pas à bout de mes ressources émotionnelles.

– Vous... vous parlez par énigmes.

Elle s'assit, dissimulant son corps derrière sa robe froissée.

– Que voulez-vous dire par... ressources émotionnelles?

– Lorsque vous serez un peu plus grande, Dinah, vous comprendrez toute seule.

Il passa près d'elle et ajouta d'une voix glaciale :

– Bonne nuit, petite fille. Et n'oubliez pas de remettre votre robe avant de monter sinon le personnel pourrait croire que nous venons de consommer notre mariage.

Lorsqu'il referma la porte derrière lui, Dinah se rendit compte que de chaudes larmes ruisselaient sur son visage.

6

Jason proposa à Dinah de s'acheter une nouvelle robe pour la soirée du dimanche soir.

— J'ai carte blanche? s'enquit-elle comme ils s'asseyaient à table le samedi matin pour prendre leur petit déjeuner.

Il baissa son journal et l'examina dans la clarté du matin. Le temps s'était réchauffé et la neige avait presque fondu. Les oiseaux pépiaient dans les arbres et l'odeur de la mer proche pénétrait dans la pièce par la fenêtre ouverte.

Un rayon de soleil tombait sur les cheveux de Dinah et perplexe, Jason la regardait beurrer une tartine.

— Achetez la plus belle! offrit-il généreusement. Savez-vous que parfois vous redevenez l'écolière que j'ai vue grandir?

— Je n'ai pourtant plus l'âme d'une écolière, commenta-t-elle. Il y a une demi-heure à peine, j'ai eu mon premier malaise. Hester m'a aussitôt fait boire un verre d'eau distillée dans lequel j'ai trempé un biscuit.

— Cela vous a remise sur pied, à ce qu'il paraît!

Elle acquiesça.

— Hester est à la fois très sensible et de bonne compagnie. Nous nous entendons bien.

— Je suis heureux de l'apprendre. Son père travaille pour moi, à la banque.

Dinah mordit à pleines dents dans sa tartine et hocha la

tête en signe d'assentiment lorsque Jason lui proposa une seconde tasse de café dans laquelle il ajouta un épais nuage de crème.

— Croyez-vous que cette nouvelle robe soit une bonne idée? Je ne vais pas pouvoir la porter longtemps.

— Je veux que vous impressionniez Barry Sothern, avoua-t-il franchement.

— Vous tenez donc tellement à ce portrait? demanda-t-elle, les lunettes en équilibre sur son nez court. Fera-t-il partie de vos souvenirs?

— Prenez-le comme cela si vous voulez.

Il replia son journal et s'enfonça profondément dans son fauteuil, les jambes complètement étirées, pour mieux déguster son café.

— Vous ne refuserez pas, s'il accepte ma proposition? s'enquit-il. Je ne sais pas combien d'heures de pose un artiste comme Sothern peut exiger mais il sera prévenu pour le bébé. Je ne veux pas que les séances vous épuisent.

— Oh, je suis en pleine forme et regardez, je mange pour deux.

De la tête, elle montrait une nouvelle tartine disparaissant littéralement sous une épaisse couche de confiture.

— Le docteur Malcolm a semblé plus inquiet pour mon état nerveux mais naturellement je ne pouvais pas lui dire...

— Que c'était moi qui en était la cause, compléta Jason.

Ses yeux s'attardaient sur son visage à la peau fraîche, dénuée de maquillage, et sur ses cheveux tirés en arrière, retenus par un simple ruban.

— Je pense qu'on n'y peut rien.

Elle haussa les épaules, fataliste.

— Nous sommes comme l'eau et l'huile. Nous n'arrivons pas à nous unir.

Il termina son café et s'intéressa aux efforts désespérés d'une abeille essayant de pénétrer dans le calice d'une fleur de serre, harmonieusement disposée dans une coupe proche. Soudain, les pétales de la fleur récalcitrante s'entrouvrirent et l'insecte se glissa à l'intérieur avec un bourdonnement de plaisir.

Jason reporta immédiatement son regard sur Dinah.

— Nous n'avons pas reparlé de ce qui s'est passé l'autre soir — vous savez, l'eau et l'huile?

A nouveau, elle haussa les épaules tout en léchant son doigt.

— Devons-nous vraiment revenir sur ce sujet?

— Vous m'avez délibérément provoqué.

— Inconsciemment, Jason.

Ses sourcils se froncèrent pour ne former qu'une barre noire au-dessus de son nez. Il était assis à contrejour et son regard restait impénétrable.

— Dois-je comprendre que malgré vous, vous souhaitez que cela arrive?

— Ce n'est pas très important!

Mais elle sentait son cœur battre sous sa chemisette de sport et un frisson de plaisir la traversa. Elle revoyait son corps arqué sur le bras puissant de Jason, ses cheveux noyant ses mains, ses lèvres ouvertes suppliant les siennes...

— Était-ce un jeu, Dinah? Une petite plaisanterie que vous auriez manigancée... si c'est le cas, ma chère, je vous conseille de ne pas la renouveler trop souvent. La prochaine fois, vous risquez de gagner plus que vous n'avez parié.

— Je ne jouais pas. Comme d'habitude, j'étais à demi-assoupie par la musique et — aïe!

Elle sauta brusquement sur ses deux pieds et vit une abeille à miel s'envoler rapidement.

— Cette bête m'a piquée!

– Laissez-moi voir.

Jason s'approcha d'elle et examina la petite marque rouge qui apparaissait déjà sur sa peau blanche. Il pencha brusquement la tête et elle sentit ses dents mordre son bras puis il se détourna et s'essuya la bouche avec son mouchoir.

– Le dard est enlevé, expliqua-t-il. Montons mettre un antiseptique sur ce bobo.

Il l'aida à traverser le hall, le bras passé autour de sa taille, et Dinah donna libre cours à son amusement :

– Mais ce n'est qu'une piqûre d'abeille, Jason. Ce n'est pas comme un serpent!

– C'est la même chose, insista-t-il, la blessure doit être traitée.

Et avant qu'elle n'ait pu protester, il la poussa dans sa chambre et se précipita vers la salle de bains pour y chercher un médicament.

Dinah admira la pièce dans laquelle elle n'avait pas pénétré depuis longtemps. Elle était maintenant sa femme et son regard s'attarda sur l'immense lit en chêne recouvert d'une courtepointe dorée qui descendait en lourds plis jusqu'à l'épais tapis. Les placards étaient également en chêne massif. Jason avait toujours aimé les beaux vêtements et elle savait que derrière les portes soigneusement fermées s'alignaient de nombreux costumes à la coupe impeccable ainsi que des coordonnés plus décontractés.

Sur le bureau, reposait la boîte en cuir à ses initiales où il gardait sa collection de boutons de manchettes, de montres et d'épingles à cravate. Il y avait encore des brosses à cheveux, militairement rangées côte à côte et enfin un cadre doré qui renfermait sa photo, prise le jour de la remise des diplômes.

Elle s'approcha du bureau et saisit le cadre, dévisageant cette jeune fille en uniforme du collège, un sourire hésitant aux coins des lèvres.

Elle sursauta et faillit le lâcher quand elle prit conscience de la présence de Jason, arrivé silencieusement et qui regardait par-dessus son épaule.

— Je n'arrive pas à croire que je suis si jeune, dit-elle nerveusement.

— Vous n'avez pas beaucoup changé en effet.

Dinah reposa le cadre sur le bureau et sentit les battements de son cœur s'accélérer lorsque Jason prit son bras entre ses doigts.

— Préparez-vous à une nouvelle piqûre, dit-il en appliquant un coton humide sur sa peau.

Mais Dinah ne sentit rien, trop préoccupée qu'elle était par cette intimité de circonstance. Il portait un costume bleu, finement rayé, car ce matin il allait à la banque et s'habillait toujours sobrement quand il devait rencontrer les membres de son conseil d'administration.

Dinah reconnut « L'homme est rare », son parfum favori à la note boisée, et elle eut pleinement conscience de la présence du bébé qui les rapprochait involontairement. Elle était toujours choquée par l'idée qu'il avait été son tuteur avant de devenir son mari et elle n'arrivait pas à assumer cette nouvelle relation.

Il avait assisté à la remise de son diplôme et le regard de ses camarades avait été attiré par cet homme grand, à l'air ténébreux et distingué. En lui faisant découvrir le parc du collège par cet après-midi ensoleillé, elle était loin de penser que six mois plus tard, elle attendrait un bébé de lui.

— Cela ne fait pas trop mal? demanda-t-il, en levant comiquement un sourcil.

— Ce n'est pas la chose la plus douloureuse que j'ai jamais éprouvée.

Ses yeux de plissèrent.

— Nous sommes comme un couple de danseurs pris sous les feux d'une rampe. Nous revenons toujours à la même chanson, philosopha-t-il.

Elle reprit sa respiration.

– Pourquoi... pourquoi les choses doivent-elles changer?

– Vous avez grandi, répondit-il. Vous n'êtes plus la jeune écolière qui égayait cette maison mais une jeune femme.

– Et vous m'avez demandée en mariage, l'interrompit-elle, sachant pertinemment que si je continuais à partager votre intimité, les gens commenceraient à jaser.

Il baissa la tête.

– Lorsque vous êtes arrivée, vous n'étiez qu'une enfant et comme le dit la chanson, les petites filles grandissent vite. J'ai pensé qu'il valait mieux nous marier, en effet.

– Et dire que je ne me suis posé aucune question avant que ces deux femmes...

Dinah s'arrêta brusquement de parler et laissa son regard errer dans la pièce. Elle surprit son image dans le grand miroir et regarda sa silhouette encore mince, ses cheveux tirés en arrière et ses lunettes rondes en équilibre sur le bout de son nez. D'un geste nerveux, elle les remit en place.

– Je ne ressemblerai jamais à la jeune fille du tableau, déclara-t-elle. Domini et son casque de cheveux d'or!

– Arrêtez de vous torturer de la sorte, dit Jason en la prenant par les épaules et en la forçant à le regarder. J'ai admiré le tableau de Sothern pour la vie et les vibrations qu'il avait su rendre, pas seulement pour la beauté du modèle.

– N'empêche qu'elle était belle, insista-t-elle et s'il y a une chose que j'ai apprise de vous, Jason, c'est que vous aimez les belles choses. Dans ce cas, pourquoi m'avoir proposé de vous épouser? Vous avez tout détruit et en fait je... je crois que vous avez agi ainsi parce que vous ne vouliez pas que je sois indépendante comme Cissie Lang. Dans votre esprit, je suis toujours restée cette pauvre orpheline que vous avez recueillie et qui serait perdue si elle s'aventurait seule hors de votre juridiction.

D'un geste brusque, elle jeta sa tête en arrière et une lueur de colère passa dans ses yeux bleus.

– Je n'aurais dérangé personne en continuant à travailler chez Grady – c'est dans votre demeure que commencent tous mes problèmes.

A ces mots, les doigts de Jason resserrèrent leur étreinte et pendant plusieurs secondes, ils se défièrent du regard, tels deux combattants dans une arène cherchant à se blesser l'un l'autre.

Lentement il la relâcha mais ils savaient tous deux qu'il avait laissé une meurtrissure sous le fin tissu de sa chemisette. Dinah recula et déclara froidement :

– Ne m'attendez pas pour descendre en ville. Je dois encore me préparer et il me faut une bonne demi-heure. Je ne voudrais pas que vous soyez en retard à votre réunion.

– Je suis le directeur général et elle ne peut commencer sans moi. Je vous attendrai pour vous conduire directement à la maison de couture. J'apprécierai votre compagnie.

Avant qu'elle n'ait pu s'en empêcher, le regard de Dinah se tourna vers son grand lit.

Il eut alors un rire bref qui la fit rougir.

– Pas ici, ma chère. Une demi-heure ne me suffirait pas!...

Sa rougeur s'accentua encore sous l'allusion.

– Je... je vais me préparer.

Elle sortit de la pièce en courant et se rendit directement à sa chambre. Elle claqua la porte derrière elle et essaya de respirer lentement pour calmer les battements désordonnés de son cœur.

« Reprends-toi », se dit-elle. Ce genre d'émotion n'était pas bon pour elle. Le docteur le lui avait dit. Mais chaque fois qu'elle se trouvait avec Jason, elle semblait perdre tout son aplomb et l'atmosphère se chargeait tout de suite de menaces... ils étaient comme un couple de tigres en cage, se tournant autour, chacun espérant être le premier à bondir.

Dinah se dirigea vers les étagères où était exposée sa collection. Elle saisit la figurine que Jason avait achetée chez Grady. Elle avait envie de la lancer contre le mur... de tuer cet animal aux yeux brillants, aux muscles tendus sous le pelage...

Sa main tremblait lorsqu'elle le remit à sa place. Elle enleva rapidement sa chemisette et son jean et enfila une robe en lin bleu et une veste. Elle brossa vivement ses cheveux, mit de la poudre sur ses joues, colora ses lèvres et se parfuma légèrement. Elle cherchait ses chaussures dans le placard lorsque Hester frappa à la porte et entra.

– Vous auriez dû m'appeler, Miss.

La femme de chambre affichait un air consterné comme si Dinah avait été impotente.

Dinah laissa échapper un soupir d'exaspération.

– Je peux encore m'habiller toute seule, Hester!

Jason attendait Dinah dans le hall. Il vint aussitôt à sa rencontre et lui tendit une main qu'elle ignora délibérément. Puis se dirigeant vers la porte, elle lança par-dessus son épaule :

– Je viens de dire à Hester que je ne voulais plus qu'elle soit aux petits soins pour moi. Je peux encore descendre l'escalier sans tomber... même si je dois porter des lunettes!

Elle s'approcha de la Jaguar, couleur or, qui attendait.

– Décidément, cette couleu· ·s plaît, Jason.

– Normal pour un banquier!

Il la précéda et lui ouvrit la porte côté passager.

— Laissez-moi conduire, le pria-t-elle. J'adore prendre le volant et je vous promets d'être prudente.

De la tête, il lui fit signe que non.

— Les petites filles ne peuvent pas jouer avec ce qu'il y a sous ce capot.

— Égoïste!

La moue aux lèvres, elle se glissa à sa place.

— La ceinture, Dinah! lui rappela-t-il en démarrant.

Elle obtempéra sans mot dire alors qu'ils descendaient l'allée assombrie par les arbres centenaires et les arbustes qui la bordaient. Dinah appuya sur un bouton pour faire descendre la glace de son côté et laisser ainsi pénétrer l'air iodé de la mer.

— Quel temps imprévisible! remarqua-t-elle. Un jour il neige et le lendemain les oiseaux chantent.

— Je ne veux pas vous faire la morale, reprit-il, mais cette route est dangereuse, elle a causé de nombreux accidents et je n'ai pas envie que vous soyez la victime du prochain. J'ai moi-même été le témoin d'une triste affaire — une voiture a quitté la route et est tombée dans le ravin. Le chauffeur, une femme, a été grièvement blessée. Elle est morte dans l'ambulance qui l'emmenait à l'hôpital.

— Si cela m'arrivait, vous perdriez le bébé par la même occasion.

Dinah le surveillait du coin de l'œil, guettant sa réaction. La ligne de ses mâchoires s'était durcie et faisait saillir un petit muscle près de sa bouche.

— Je n'essaie pas toujours de vous intimider, Dinah.

— Non... simplement la plupart du temps, murmura-t-elle. Vous croyez savoir tout ce qu'il y a de mieux pour moi et... pour autrui!

— Question d'habitude, répondit-il d'une voix nonchalante. Je suis devenu directeur de la banque à peu près à votre âge — la tradition Devrel, bien entendu. Ma vie de banquier était déjà programmée. Il fallait un homme à la tête de la société capable de faire aboutir les idées intéressantes et prêt à accepter les conséquences des affaires plus scabreuses. Comme sur un bateau, il n'y a qu'un capitaine.

– Dans le mariage aussi, il n'y a qu'un maître!

Tout en parlant, Dinah tirait sur la ceinture de sécurité pour la détendre un peu.

– Je commence à grossir...

– Cela ne durera pas longtemps, dit-il pour la calmer. Accrochez-vous à cette idée et laissez-vous vivre.

– Les hommes sont méprisables, ne put-elle s'empêcher d'ajouter. Ils obtiennent tout pour rien.

Il se contenta de sourire avec ironie.

Elle contemplait ses mains, posées sur le volant de la Jaguar, contrôlant la puissance contenue sous le capot allongé. Elle sentait sa jambe près de la sienne et devinait ses muscles longs et fins sous la toile bleu marine du costume. Pour un homme proche de la quarantaine, Jason avait conservé un corps harmonieux et nerveux, et un magnétisme presque sauvage se dégageait de son visage toujours bronzé.

Il était à la fois viril et énigmatique. Dinah avait d'ores et déjà abandonné l'idée de percer sa personnalité à jour. C'était comme une pièce blindée qu'elle était tentée d'explorer tout en redoutant d'y rester enfermée.

– Je vous dépose chez Teri? demanda-t-il alors qu'i' pénétrait dans le centre ville.

– S'il vous plaît. A votre avis, dois-je aussi aller chez le coiffeur – pour une coupe ou une mini vague?

Comme il s'arrêtait le long du trottoir, en face de la maison de couture, il se tourna vers elle.

– Laissez vos cheveux tels qu'ils sont. Je suis convaincu qu'un artiste comme Barry Sothern préfère le naturel à l'artificiel et vous avez un visage qui peut se passer de coiffure sophistiquée.

92

– Dites tout de suite que je suis laide!

– Vous êtes à la fois réelle et impalpable, Dinah et non pas une de ces petites madames lourdement maquillées qui font la couverture des magazines, dit-il d'une voix crispée.

Puis soudain, il se pencha vers elle et ses lèvres se refermèrent sur les siennes. Sa main glissa derrière sa tête et il prolongea le baiser pendant un long moment, jusqu'à ce qu'involontairement Dinah s'accroche à lui.

Il la relâcha lentement. Elle ouvrit aussitôt son sac et lui présenta un mouchoir.

– Essuyez-vous si vous ne voulez pas choquer le conseil d'administration en exhibant de magnifiques marques de rouge à lèvres.

Il obtempéra et examina les couleurs qui rosissaient naturellement les joues de Dinah.

– Retrouvons-nous à treize heures sur le port pour déjeuner.

Dinah acquiesça et après avoir refermé la portière derrière elle, elle le regarda s'immiscer dans la circulation. La banque occupait tout l'angle d'un pâté de maisons sur le port d'où on y entendait le cri des mouettes qui s'élevaient gracieusement vers les hautes falaises qui abritaient la ville puis plongeaient dans la mer qui venait se briser sur la jetée de pierres.

Dinah prit une profonde inspiration. C'était ce qui lui avait manqué le plus à Londres... cet air frais et vivifiant venu du grand large et cette luminosité du ciel que la pollution des voitures dissimulait sous un épais nuage de fumée.

Elle traversa rapidement la chaussée et pénétra dans la maison de couture de Teri, les jambes encore coupées par le baiser prolongé que Jason lui avait volé. Elle ne le comprendrait jamais. Elle ne saurait jamais ce qu'il attendait d'elle.

N'était-il capable que de sentiments possessifs? Dinah le

croyait... leurs relations n'avaient pas changé. Il réglementait sa vie comme il l'avait toujour fait. Pourtant s'il ne l'avait pas recueillie, elle aurait été confiée à un orphelinat, aurait grandi parmi d'autres enfants déshérités et ne se trouverait pas maintenant au bureau de réception d'une grande maison de couture.

Ses réflexions furent interrompues par une vendeuse qui, un sourire de circonstance aux lèvres, s'approchait d'elle.

– Bonjour, madame Devrel. Quel plaisir de vous revoir!

Teri Lennox était dans le salon d'essayage lorsque Dinah entra et elles se congratulèrent chaleureusement.

Dinah admirait Teri qui, à trente-cinq ans, dirigeait une grande maison et attirait toujours les regards avec ses cheveux roux, ses pommettes hautes et sa silhouette élégante. Teri avait été un mannequin très coté dans sa jeunesse; elle avait eu la sagesse d'investir ensuite ses économies dans la haute couture. Elle avait passé deux ans à Paris chez un grand couturier où elle avait appris à couper et à concevoir des modèles exclusifs. Selon la rumeur publique, elle était tombée amoureuse de lui mais n'avait pu faire céder ce célibataire endurci.

De retour à Londres, elle avait fermé la porte sur ses amours stériles et s'était plongée dans un travail acharné qui l'avait amenée à créer sa propre collection. Son magasin s'était vite développé; il était considéré maintenant comme le meilleur par toutes les femmes à la mode du Havenshore.

– Ma chère enfant! s'écria Teri en la prenant dans ses bras et en l'embrassant sur les deux joues à la française. Je vous félicite pour votre heureux mariage! On peut dire que vous avez gagné le gros lot de toute la côte Ouest!

– Ravie que vous le pensiez, déclara Dinah sans pouvoir dissimuler une note ironique dans sa voix.

Elle serait obligée d'annoncer la grande nouvelle à Teri car celle-ci insisterait pour lui présenter une sélection de robes correspondant à son style et à ses mensurations que le magasin conservait d'une façon permanente depuis qu'elle était cliente.

Teri reprit, enthousiasthe :

— C'est bon de vous revoir, Di. Votre visage est toujours aussi fin mais votre taille, ma chère... ne s'est-elle pas arrondie?

— Je crains que si.

Dinah prit une profonde inspiration.

— Jason et moi attendons un heureux événement.

— Merveilleux! s'exclama Teri. Mais... j'ai cru comprendre que vous n'aviez convolé en justes noces que le mois dernier. Vous n'avez pas perdu de temps! Mais, comment pouvez-vous en être déjà aussi sûre?

— Les examens habituels.

Dinah se sentit rougir sous le regard pénétrant de son amie.

— Le bébé naîtra en août... début août.

— Je... je vois.

La surprise se lut dans les yeux de Teri mais elle se reprit aussitôt.

— J'imagine que Jason est fou de joie.

— C'est le moins que l'on puisse dire. Il est absolument persuadé que son bébé sera le plus beau du monde. Je suis surprise qu'il soit si heureux à l'idée de devenir père.

— Cela se comprend, Di. Il lui faut un fils pour perpétuer le nom des Devrel et tout ce qui s'y rattache; vous ne devez pas oublier non plus qu'il a eu une enfance plutôt solitaire. Les enfants riches ne vont pas jouer dans la rue et n'en connaissent pas la vie mouvementée. Pour ma part, j'ai toujours pensé que Jason ferait de vous sa femme. Je me souviens encore le jour où il vous a emmenée ici pour la première fois. Vous aviez dix-huit ans à peine et il a beaucoup insisté pour que je respecte votre style, simple et naturel. Au fait, avez-vous toujours cette robe que j'avais dessinée pour vous?

— Celle qui va si bien avec mes lunettes? murmura-t-elle.

Teri éclata d'un rire joyeux.

— Di, elles font partie de vous et apportent une note ravissante à votre visage. Je connais d'ailleurs quelques mannequins fort séduisants qui ne quittent pas les leurs pour paraître plus sexy.

— La sensualité est donc si importante? s'enquit Dinah, se souvenant du bruissement de sa robe en soie au moment où Jason la lui avait retirée. Il l'avait désirée... parce qu'elle portait son bébé et pour satisfaire son instinct de possession.

— Faire l'amour est important, murmura Teri avec une lueur de tristesse dans les yeux.

Puis elle prit Dinah par le bras et l'entraîna vers une des cabines d'essayage.

— Préférez-vous une fille ou un garçon?

Dinah retira sa veste puis sa robe.

— Jason veut un garçon, et moi aussi. La vie est plus facile pour eux.

— Sauf en temps de guerre!

Teri passa un mètre ruban autour des hanches de Dinah et jeta quelques chiffres sur un bout de papier. Puis elle remonta le centimètre et laissa échapper un sifflement de surprise.

— Vous avez déjà pris plus de trois centimètres de tour de poitrine, Di! N'est-ce pas une bonne nouvelle?

Dinah fit la grimace.

— Je vais bientôt ressembler à un éléphant. Comme je le disais à Jason, les hommes seraient moins empressés à concevoir des enfants s'ils devaient subir l'épreuve de la maternité.

– C'est exact, concéda Teri, mais c'est un plaisir partagé et je suis prête à parier que Jason est aux petits soins pour vous.

– Effectivement

Dinah sourit à contrecœur.

– Il veut m'offrir une très belle robe pour un dîner que nous donnons dimanche soir. Que me proposez-vous pour transformer la jeune femme que je suis en une dame prestigieuse?

– En fait, dit Teri, l'air songeur, j'ai un modèle exclusif que m'a commandé une cliente, sensiblement de votre taille. Malheureusement, elle a été victime d'un accident, il y a quelques semaines, et elle n'y a pas survécu. Si vous êtes superstitieuse, Dinah, oubliez ma proposition mais c'est une robe absolument ravissante et d'une couleur rêvée pour vos yeux. J'ai pensé détruire ce modèle mais ce serait tellement dommage – voulez-vous la voir?

Dinah se mordait la lèvre inférieure.

– Cette femme s'est-elle tuée sur la route de la corniche?

Teri acquiesça.

– Elle a quitté la route. Elle conduisait une voiture de sport et elle fut éjectée, la pauvre.

– Jason a été témoin de l'accident, lui apprit Dinah.

– Triste spectacle!

– Depuis, il refuse de me laisser prendre le volant. Je me demande quelle serait sa réaction...

Dinah s'interrompit, les sourcils froncés par la réflexion.

– Oublions cela, déclara Teri brusquement. Mettez cette proposition sur le compte de la créatrice que je suis et qui admet difficilement que cette robe ne soit jamais portée. Je vais m'en débarrasser...

– Non. J'aimerais la voir, insista Dinah. De quelle couleur est-elle?

– Indescriptible. Une nuance de gris-bleu, difficile à définir. Voulez-vous vraiment la voir?

– Oui.

Dinah avait pris son parti.

– Pourquoi se montrer superstitieuse? Les événements qui marquent notre vie ne sont tout de même pas programmés par les forces du mal!

– Qui sait? En attendant, je vais la chercher.

Teri abandonna Dinah dans la cabine, fermée par un rideau brodé de fleurs en soie multicolores. Elle s'assit sur un petit tabouret. Elle désirait maintenant essayer cette robe et savourer la réaction de Jason lorsqu'elle lui en raconterait l'histoire.

Le rideau s'ouvrit devant Teri.

– Dinah se leva et admira le modèle que son amie retirait de son enveloppe protectrice, la respiration coupée devant sa beauté.

– La couleur n'est-elle pas merveilleuse? dit Teri, enthousiaste. Voulez-vous toujours l'essayer ou avez-vous changé d'idée?

Dinah passa la main sur la jupe et elle sentit des fourmillements dans ses doigts, comme si le tissu revivait sous sa caresse.

– Est-elle chère? s'enquit-elle.

– Ne vous inquiétez pas. Jason a largement les moyens de vous l'offrir. Voyons plutôt ce qu'elle donne sur vous.

Elle lui allait à ravir et Dinah ne cessait de se contempler en tourbillonnant devant les miroirs qui recouvraient les parois de la cabine. Le corsage la moulait comme une seconde peau et la jupe descendait en grands plis ondoyants jusqu'à terre, telle une cascade soyeuse. Lorsqu'elle se déplaçait, le tissu bruissait à chacun de ses pas.

– Elle est magnifique, murmura-t-elle, mais ne fait-elle pas trop habillée pour moi?

— La couleur est assortie à celle de vos yeux, nota Teri en laissant percer une note de satisfaction dans sa voix. Je vais peut-être vous surprendre, Dinah, mais de toutes les clientes que je reçois, vous êtes la seule à posséder une peau aussi fine. Vous feriez un excellent support publicitaire pour une lotion de beauté.

Dinah rougit sous le compliment, trop modeste pour croire qu'on pouvait l'envier.

— On m'a déjà traitée d'orpheline à lunettes, dit-elle tristement, mais jamais de modèle publicitaire!

— Ne me dites pas que Jason n'a pas remarqué votre peau satinée? interrogea Teri en clignant de l'œil.

Dinah baissa les yeux et tourbillonna de plus belle.

— Vous êtes trop romantique, Teri. Vous devriez songer à vous marier vous aussi.

— La vérité, Dinah, est que je suis trop occupée par la maison de couture qui connaît un succès inespéré. Je ne sais si je pourrais mener parallèlement une vie de famille. Je crois qu'une femme donne tout l'amour qu'elle possède à l'homme de sa vie. Si elle n'a pas la chance de le rencontrer, elle le reporte sur son travail. Je parie pour ma part que Jason est un merveilleux mari... sur tous les plans.

— Vous voulez dire sur le plan amoureux aussi.

— Oui, prenant tout en charge mais vous considérant à la fois comme une personne et comme une femme. Est-ce que je me trompe?

— Comme chacun de nous, Jason a deux personnalités, une publique et une privée...

— Et c'est bien heureux, commenta Teri avec ferveur. Prenez mon exemple; dans ma vie professionnelle, je dois me montrer avisée, élégante et sûre de moi, mais je ne suis jamais aussi bien que chez moi. Dès que je rentre, je me démaquille, je me mets à l'aise et me prépare une bonne pizza. Par nature, je préfère de loin le goût du fromage fondu et des poivrons à celui du rouge à lèvres! J'adore marcher pieds nus et dénouer mes cheveux. Le croiriez-vous en me voyant diriger cette maison de couture?

— Vous êtes l'élégance personnifiée, dit Dinah en souriant.

— Vous n'avez rien à m'envier avec cette robe, Di. La prenez-vous ou souhaitez-vous que je vous présente d'autres modèles?

— Non, je garde celle-ci. Je ne pourrai pas la mettre longtemps mais la couleur est si belle. J'essaierai de ne pas penser à la femme à qui elle était destinée. Après tout, elle ne l'a jamais portée...

Elle lissa la soie sur ses hanches étroites.

— Vous pouvez envoyer la facture à Jason.

— Trop heureuse de vous satisfaire.

Teri aida Dinah à ôter la robe et la plia soigneusement dans sa boîte.

— Je la ferai porter chez vous cet après-midi et je parie que Jason vous trouvera encore plus séduisante.

Dinah sourit faiblement à cette idée.

— Vous êtes décidément très romantique pour une femme de caractère, Teri et je me demande parfois si le romantisme n'est pas en train de disparaître. Les gens sont de plus en plus réalistes au contact de la vie. Moi-même, j'ai peur de devenir impitoyable.

— Ne craignez rien. Vous avez au contraire gardé toute votre spontanéité et Jason a de la chance de passer ses soirées en tête-à-tête avec vous. N'ai-je pas raison?

— En effet, nous sommes assez isolés du monde à Devrel Drive, répondit-elle évasivement.

Mais en reboutonnant sa veste, elle avait le cœur serré. Si au moins ce que croyait Teri Lennox de leur mariage était vrai!

Perdue dans ses pensées, Dinah se dirigea vers le port où Jason l'attendait déjà, en contemplation devant un couple de cygnes évoluant gracieusement.

— Quelles belles créatures, dit-il quand Dinah l'eut rejoint. Avez-vous trouvé une robe à votre convenance?

Sa bouche esquissa une petite moue mais elle répondit aussitôt :

— Oui, Teri était d'excellente humeur.

— Parfait. Regardez ces oiseaux, Dinah, on dirait des danseurs de ballet.

— Jason, pour un homme qui admire les beautés de la nature, je comprends mal que vous m'ayez choisie comme épouse.

Il la regarda brusquement. Elle frissonnait, ayant laissé son manteau dans la voiture. Il s'empara de ses mains et commença à les réchauffer doucement.

— Mon Dieu! Dinah, pourquoi revenez-vous toujours à ce sujet de conversation? Nous sommes mariés et un point c'est tout.

Elle admira sa silhouette longue et élancée, ses traits marqués et l'élégance de sa démarche.

— Pourvu que votre fils et héritier ne tienne pas de moi et ne naisse pas myope! lâcha-t-elle soudain. Saviez-vous qu'à l'école, mes petites camarades m'avaient surnommée Quat'yeux?

— Oui, Dinah. Les enfants sont souvent cruels entre eux mais sans méchanceté.

— Ce n'est pas comme les adultes!

— Pourquoi ces doutes constants? Est-ce donc si important que vous ne soyez pas une blonde aux yeux effrontés?

— Important? murmura-t-elle. Vous... vous devriez...

Elle avala les derniers mots et les yeux de Jason se remplirent de colère.

— Je devrais quoi? Ne jouez pas aux devinettes, Dinah! Ayez le courage de terminer votre phrase maintenant que vous l'avez commencée!

— Vous devriez... me respecter.

Elle s'éloigna de lui et se dirigea d'un pas rapide vers le

restaurant Kingfisher où ils avaient prévu de déjeuner.

– Dépêchez-vous, lui lança-t-elle par-dessus son épaule. Il commence à faire froid.

Elle entendit ses pas résonner sur le trottoir, puis il la rattrapa et glissa son bras sous son coude.

– Ne courez pas ainsi, vous risquez de trébucher sur ces pavés inégaux.

– Et blesser le précieux héritier?

Ses doigts se resserrèrent davantage sur son bras et ne relâchèrent leur étreinte que dans le hall du restaurant. Ses yeux cherchaient les siens.

– Teri Lennox a-t-elle émis un commentaire désobligeant? s'enquit-il.

– Au contraire, elle était ravie de ce qui nous arrive.

– Alors, pourquoi cette saute d'humeur?

– Parce que moi, je ne suis pas ravie du tout, dit-elle d'un air de défi. Vous avez simplement gâché ma vie alors que j'avais trouvé un emploi qui me plaisait. Je ne vous le pardonnerai jamais.

– Grady vous reprendra peut-être, ajouta-t-il, sèchement. Vous me demandez de vous respecter, mais peut-on respecter une femme qui ne désire pas son propre enfant?

– Oh! fit-elle, le souffle coupé par cette remarque. Vous pouvez être si cruel, Jason, quand vous le voulez.

– Touché! dit-il en la conduisant dans la salle à manger du restaurant où ils déjeunèrent dans le plus grand silence.

Dans le taxi qui la ramenait à Devrel Drive, Dinah resta silencieuse, écrasée par un immense sentiment de solitude et de tristesse.

Quand ils passèrent près du ravin où avait eu lieu l'accident mortel, elle se mordit la lèvre et se demanda si elle aurait le courage de porter la robe, le moment venu.

Ce vêtement pouvait-il être maudit?

7

Barry Sothern ressemblait à un lion avec ses sourcils épais et broussailleux, surmontés d'une magnifique crinière de cheveux argentés. Sa voix grave était teintée d'un inimitable accent faubourien et ses mains étaient à la fois grandes et pâles.

Il était assis à la gauche de Dinah et elle ne pouvait s'empêcher de sentir le poids du regard de l'artiste contemplant son futur modèle. Elle se demandait à quoi il pensait alors que ses yeux clairs s'attardaient sur ses cheveux et son profil.

Rita Malcolm, extrêmement élégante dans une robe de couleur jade, discutait avec Jason.

— Êtes-vous d'accord pour que j'exécute votre portrait? lui demanda-t-il brusquement, tout en fixant Jason du regard comme s'il suspectait que ce ne soit qu'un caprice d'homme riche.

Dinah plongea sa cuillère dans son avocat aux crabes et haussa les épaules.

— Je fais ce que veut Jason, répondit-elle. Son personnel s'occupe de la maison et nous avons un chef en cuisine. Je suis donc tout à fait disponible en attendant l'arrivée du bébé.

— Pour quelle date est prévue la naissance?

Un sourire passa dans ses yeux et Dinah se sentit

réconfortée par la présence de cet homme si chaleureux.

– Début août, si tout va bien, dit-elle en croisant les doigts. C'est un bébé de la Toussaint et j'espère que ce ne sera pas une sorcière ou un sorcier!

– Êtes-vous supersticieuse?

Il souriait toujours, la trouvant très jeune en comparaison de son mari, impeccablement vêtu d'un habit de soirée. Le noir mettait en valeur ses traits taillés à la serpe et face à lui, Barry Sothern ressemblait à une statue romaine rongée par les intempéries.

– Vous devriez poser cette question à mon mari, monsieur Sothern. J'imagine qu'à un artiste comme vous, les ombres qui planent sur son visage ne peuvent passer inaperçues.

Le peintre but une gorgée de vin qu'il apprécia à sa juste valeur. Puis il se pencha vers elle et lui chuchota à l'oreille :

– J'aimerais assez exécuter son portrait à lui aussi car vous avez deviné, je pense, que j'acceptais de faire le vôtre, madame Devrel?

L'œil de l'artiste l'enveloppa d'un regard appréciateur.

– Peut-être... avec la robe que vous portez ce soir. Cette couleur vous va à ravir et rappelle la nuance de vos yeux. Vous avez une aura très particulière, si je puis m'exprimer ainsi... insaisissable.

Dinah rougit légèrement.

– N'êtes-vous pas déçu, monsieur Sothern, que je ne sois pas aussi belle que Domini, cette jeune fille que vous avez peinte et dont mon mari est véritablement tombé amoureux?

– L'est-il toujours? demanda Barry Sothern en considérant Jason d'un air pensif. Votre mari est un homme parfaitement conscient de sa position sociale et de sa richesse. Ce n'est pas la première fois que je rencontre un individu de ce genre.

– Vraiment? interrogea-t-elle, pour l'inciter à poursuivre. Vous m'intriguez, monsieur Sothern...

– J'adore m'amuser à classer les gens dans des catégories précises et, en tant qu'artiste, je suis très observateur. L'homme auquel je pensais a ce même regard empreint d'une fierté dangereuse... comparable à celui du tigre.

– Vous parlez comme un poète!

Dinah appréciait le tour que prenait la conversation.

– Les peintres et les poètes se ressemblent, répondit-il. Nous appréhendons les choses d'une façon beaucoup plus colorée que le commun des mortels et souvent nous connaissons une longue traversée du désert avant de flirter avec le succès. Contrairement à la croyance populaire, nous travaillons dur et si parfois le résultat final suggère une certaine facilité d'exécution, ce n'est souvent qu'une illusion. Rien n'arrive sans effort, sur le plan professionnel comme personnel.

– Aimez-vous peindre, monsieur Sothern? demanda-t-elle.

– C'est le métier que j'ai choisi.

– N'avez-vous jamais été marié?

Il fit non de la tête et ses yeux se rembrunirent.

– Je n'ai jamais eu la chance d'être aimé comme je l'aurais voulu. Vous devez savoir qu'il y a des degrés dans l'amour et j'ai toujours aspiré au plus élevé, aussi prétentieux que cela puisse paraître. Je n'ai hélas pas eu le bonheur d'obtenir ce que je souhaitais et je me suis donc entièrement consacré à mon œuvre.

– C'est une sage décision!

Dinah se sentait à l'aise en compagnie de ce géant, à la fois fort et faible.

– Je suppose que mon mari vous a expliqué pourquoi il vous a choisi pour exécuter mon portrait?

– Il paraît apprécier mes tableaux et j'en suis fort flatté.

– Lorsque Jason fait un compliment, il est toujours sincère, monsieur Sothern. Il n'a pas l'habitude de parler pour ne rien dire et c'est à la galerie Tate, il y a environ douze ans qu'il est tombé amoureux de votre Domini. Jason m'a raconté qu'elle était très belle et je me demande si vous ne préférez pas peindre de beaux modèles.

– J'aime représenter des femmes de caractère, répondit-il. Domini était certes très belle mais elle avait surtout un petit quelque chose qui la rendait spéciale et – voyez-vous – si elle avait été défigurée à la suite d'un accident, je l'aurais aimée quand même.

– Vous l'avez beaucoup aimée? s'enhardit-elle à l'interroger.

Il acquiesça d'un mouvement de tête et ne reprit la parole qu'après que le second plat eût été servi. C'était un rôti de porc, accompagné de haricots verts, de pommes de terre à la menthe et de choux-fleurs d'une étonnante blancheur.

– Cela paraît délicieux si j'en juge par l'harmonie des couleurs, déclara-t-il.

Le sourire était revenu sur son visage bronzé, aux traits marqués.

– Jason n'a pas son pareil pour obtenir ce qu'il y a de meilleur. C'est d'ailleurs pourquoi il a fait appel à votre talent pour exécuter mon portrait, précisa Dinah en lui rendant son sourire. Vous êtes très bronzé? J'en déduis que vous travaillez beaucoup plus à l'étranger qu'à Londres où le temps est toujours maussade.

– En effet, il y pleut un peu trop à mon avis.

Il goûta le rôti et son silence appréciateur équivalut à un véritable compliment.

– En ce moment, j'habite en Crète, mais je reviens assez souvent dans mon studio londonien. J'y étais d'ailleurs lorsque votre mari m'a téléphoné et m'a invité à dîner pour vous rencontrer.

– Aimez-vous les îles grecques? s'enquit Dinah qui ce soir-là mangeait de fort bon appétit.

– J'ai une réelle affection pour la Grèce et pour ses habitants. Ce sont des hommes de caractère et une fois que vous avez conquis leur amitié, c'est pour la vie. Domini a épousé un Grec et j'ai rarement vu de couple aussi amoureux. Ils sont comme les doigts de la main, inséparables. De temps en temps, je vais passer mes vacances sur l'île de Paul. Ils ont deux enfants magnifiques mais il y a quelques années, Domini a failli perdre son mari, victime d'une maladie très grave. A cette époque, j'étais assez égoïste pour souhaiter sa mort et maintenant j'ai compris que si elle l'avait perdu, Domini ne se serait jamais tournée vers un autre. Elle lui était dévouée corps et âme. J'ai donc accepté cet état de chose et aujourd'hui j'ai gagné leur amitié et j'en suis fier.

Barry Sothern jeta un coup d'œil à Jason, toujours en grande conversation avec le docteur Malcolm. Il semblait ne pas savoir que penser de lui, et Dinah se demanda s'il comparait son mariage à celui de cette jeune femme qu'il avait éperdument aimée.

– Jason a ses propres valeurs, dit-elle tranquillement, ne vous y trompez pas. Il est très généreux et s'est souvent opposé à l'avis des membres de son conseil d'administration qui refusaient un prêt sous prétexte d'insuffisances de garanties. J'ai même appris qu'il en avait accordés sur ses propres fonds.

– Il était votre tuteur, n'est-ce pas, madame Devrel?

– Il m'a recueillie quand j'avais neuf ans.

– On peut donc suspecter qu'il vous a... « façonnée » à son idée, commenta-t-il.

– Et dans cette perspective, comment jugez-vous le fruit de son éducation?

– Dans cette robe, vous lui faites certainement honneur et vous parlez de lui comme une femme respectueuse.

– Je lui dois au moins cela puisque je n'ai pas la chance d'être aussi belle que votre amie Domini.

Il la dévisagea, s'attardant sur sa peau satinée et sur la courbe gonflée de ses lèvres.

– Comme le dit le proverbe, madame Devrel, il n'y a pas de laides amours. L'amour peut embellir n'importe quel visage!

– L'amour? répéta-t-elle, moqueuse. Ce rêve dont nous ne nous souvenons pas... l'ombre derrière la touche... le mystère des mystères?

– Il est parfois tangible, presque palpable!

– Oui, mais si éphémère.

Leurs regards se rencontrèrent et Dinah se rendit compte que, par allusions, elle lui en avait dit beaucoup plus qu'elle ne le voulait. Mais il était si avenant qu'elle se sentait en confiance avec lui.

– Avez-vous vraiment l'intention de me peindre dans cette robe? demanda-t-elle en changeant délibérément de sujet.

– Qu'en pensez-vous?

– Je... je ne sais pas. Cette robe, monsieur Sothern, a une tragique histoire.

Intentionnellement, elle avait haussé le ton, sachant pertinemment qu'elle venait de capter l'attention de Jason. Le cœur battant, elle poursuivit:

– La femme pour qui elle fut créée s'est tuée en voiture non loin d'ici. Elle a quitté la route et s'est écrasée au fond d'un ravin.

Un lourd silence suivit, soudain troublé par Jason qui repoussait sa chaise avec violence et bondissait sur ses pieds.

– Allez vous changer immédiatement! Comment avez-vous osé introduire cette robe chez moi?

Sa réaction était bien plus vive qu'elle ne l'avait espérée et son triomphe se doublait maintenant d'une certaine crainte, mêlée de honte. C'était la seconde fois qu'elle le voyait furieux au point de perdre son sang-froid.

Il s'approcha de Dinah qui se recroquevilla instinctive-met, puis saisissant le dossier de sa chaise, il la mit brutalement sur ses pieds.

— Montez tout de suite sinon je vous accompagne et déchirez moi-même cette robe de malheur!

— Monsieur Devrel, s'interposa le docteur Malcolm, je vous demande expressément de ne pas jouer avec les nerfs de votre femme. Je suis certaine qu'elle n'a pas pensé à mal.

— Au contraire, docteur, Dinah n'est plus une enfant incapable de faire la différence entre le bien et le mal.

Il parlait entre ses dents.

— Je la connais mieux que personne... c'est sa façon de me punir d'avoir refusé de la laisser conduire. N'ai-je pas raison?

Il obligea Dinah à le regarder et la secoua sauvage-ment.

— Avouez que vous avez manigancé cette sordide plaisanterie à seule fin de me mettre en colère!

— Eh bien, oui, si vous voulez le savoir!

Elle soutenait son regard furieux d'un air de défi.

— Je me doutais que vous ne l'apprécieriez pas.

— Vous ne méritez qu'une correction!

— Monsieur Sothern veut que je la porte pour le portrait.

— Nous verrons cela.

Maintenant toujours son étreinte, Jason se tourna vers Barry Sothern qui assistait à la scène en spectateur muet.

— J'ai déjà choisi un costume pour Dinah. Il appartenait à ma grand-mère espagnole et il est resté en excellent état. Il s'agit d'un habit spécialement conçu pour les femmes qui montaient en amazone au siècle dernier.

Son regard revint se poser sur Dinah.

– Quant à vous, jeune effrontée, allez mettre une tenue un peu moins macabre.

– Lorsque vous criez ainsi, Jason, j'imagine que même les morts peuvent vous entendre.

Il la poussa vers la porte, mais au lieu de la calmer, ce geste brusque déchaîna sa colère.

– J'aime cette robe. Je ne suis pas superstitieuse comme vous. Je souhaite pourtant que le mauvais œil vous poursuive!

Ce sarcasme réveilla des démons dans les yeux de Jason.

– Veuillez nous excuser, dit-il à ses hôtes.

Et ce faisant, il obligea Dinah à sortir de la pièce, puis ils traversèrent le hall et prirent l'escalier. Le bras de Dinah était pris dans un étau et malgré tous ses efforts, elle ne réussit pas à se dégager de son étreinte.

– Quel tyran! Vous finirez par me faire perdre mon enfant!

– Ne dites pas de bêtises! Le docteur Malcolm affirme que vous êtes en pleine santé physique – qu'y puis-je si vous vous plaisez à faire des caprices?

– Parce que je n'accepte pas de prendre le mors aux dents?

Il ouvrit la porte de sa chambre à toute volée et la propulsa à l'intérieur.

– Enlevez ce chiffon ou je vous l'arrache!

– Je suis sûre que ce geste vous procurerait un immense plaisir, commenta-t-elle. Cela semble faire partie de votre technique de séduction!

– Si c'est ce que vous attendez, ma chérie...

Il la fit pivoter et dégrafa le corsage jusqu'au creux des reins. Puis il la souleva et la robe tomba à ses pieds comme une flaque de soie bleue et soudain... elle prit conscience de la pression de ses mains douces.

Comme il éloignait la robe d'un coup de pied rageur, Dinah se retourna vers lui. Elle leva lentement les bras et les enroula autour du cou de Jason, comme elle le faisait lorsqu'elle était jeune.

— Êtes-vous très fâché?

— Ne croyez-vous pas m'avoir donné suffisamment de raisons de l'être?

Il examinait son visage sans complaisance, la bouche dure.

— J'aurais deux mots à dire à Teri Lennox au sujet de cette robe!

— Ne blâmez pas Teri, plaida-t-elle. C'est moi qui ai insisté. Je voulais... je voulais...

— Je sais, dit-il en grimaçant. Vous prenez un malin plaisir à compliquer notre relation plus que nécessaire. Vous voulez briser ce qu'il en reste et ne serez satisfaite qu'à ce prix...

« ...Maintenant, Dinah, n'oubliez pas ce que je vais vous dire :

« Tant que vous porterez mon enfant, vous devrez vous comportez d'une façon raisonnable. Une fois délivrée, vous pouvez bien allez vendre des Doultons Royaux à Tombouctou où bon vous semblera! Je m'en moque!

Les bras de Dinah glissèrent lorsqu'il se redressa de toute sa taille. Elle le regarda se diriger vers sa garde-robe puis après une hésitation, il décrocha un cintre et lui rapporta une robe en mousseline bleu turquoise.

— Enfilez-la! Et n'y passez pas la nuit... Avant de descendre, repeignez-vous.

— Bien, Monsieur.

Il la toisa de toute sa hauteur, les yeux noirs comme du jais.

— Vous nous rejoindrez dans le salon où nous prendrons le café et le digestif, ajouta-t-il.

La porte se referma sur lui et Dinah s'allongea sur le lit

pour reprendre ses esprits. Elle essaya d'imaginer le bonheur des femmes qui se savaient profondément aimées et désirées. Elle se retourna sur le ventre, puis se souvenant que cette position lui était interdite, elle se leva.

Elle s'approcha de la psyché au cadre sculpté et s'examina des pieds à la tête. D'une main, elle ôta ses lunettes et instantanément, son image devint floue.

Ses camarades de classe étaient jolies et certaines la plaignaient de la savoir myope au point de devoir porter des lunettes. On lui avait dit plus d'une fois que les hommes préféraient les filles aux courbes généreuses, au visage séduisant et aux cheveux bouffants. Dinah n'avait jamais été préoccupée par la beauté mais elle s'était rendue compte que celles qui en étaient dotées avaient beaucoup plus de succès auprès de la gent masculine.

Aux bals du collège, son carnet n'avait jamais débordé de noms de jeunes hommes désireux de la prendre dans leurs bras, le temps d'une danse. Elle passait ses week-ends à travailler, le nez plongé dans les livres, et non pas en compagnie d'un camarade brûlant de lui voler un baiser ou de lui glisser des compliments au creux de l'oreille.

Jason était le seul homme qui se soit intéressé à elle et Teri Lennox était persuadée qu'il l'avait élevée et éduquée pour qu'elle devienne sa femme... une femme commode pour un homme essentiellement préoccupé par ses responsabilités de banquier. Il avait soigneusement planifié sa vie, veillant à ce que rien ne le dérange dans ses habitudes. Il avait toujours su que Dinah ne modifierait pas le rythme de sa maisonnée. Elle n'était qu'un rouage de la machine parfaitement huilée qu'il avait conçue... et il ne l'avait jamais désirée pour elle-même.

Elle se détourna du miroir avec un haussement d'épaules. Elle enfila la robe qu'il avait choisie pour elle après avoir soigneusement peigné ses cheveux comme il le lui avait demandé, elle descendit au salon rejoindre ses invités auprès desquels elle s'excusa de sa conduite.

– Les femmes enceintes ont toujours des réactions imprévisibles, commenta le docteur Malcolm. Elles éprouvent de soudaines appréhensions et un certain dépit à l'idée de n'être plus des jeunes filles. Devenir mère est une grande responsabilité et à beaucoup d'égards, un honneur.

– Un honneur? répéta Dinah en écho, tout en acceptant un peu de cognac dans son café.

Le salon chinois dans lequel ils étaient maintenant regorgeait de meubles en bois laqué, d'épais tapis, et les murs disparaissaient sous de magnifiques peintures sur soie.

– Réfléchissez-y, Dinah, insista le docteur. N'avez-vous pas pris conscience du miracle qui s'accomplissait en vous? Un être humain se forme et, avec l'aide de Dieu, ce petit homme sera doté d'un cerveau, de jambes, de bras et d'un visage qui vous sourira. Je vous le répète, ma chère, c'est un grand honneur.

– Je partage tout à fait votre avis, docteur Malcolm, surenchérit Barry Sothern qui s'était approché et avait entendu ses propos.

– La nature est mystérieuse et étonnante, si vous prenez le temps de l'observer. De minuscules graines se transforment en arbres gigantesques et d'une étreinte naît un enfant. Cela me surprend toujours, bien que je sois un pêcheur invétéré.

– Nous commettons tous des péchés, monsieur Sothern, mais d'une certaine manière, nous nous faisons pardonner, déclara le docteur de sa voix tranquille et posée. Chacun de nous a une face cachée et nous sommes tous à la merci de nos impulsions qui, selon le cas, nous font pencher vers le bien ou le mal. Nous avons tous des nuits honteuses et des petits matins glorieux.

Une heure s'écoula en conversation amicale. Dinah parlait peu mais écoutait avec plaisir ces personnes plus âgées et plus expérimentées qu'elle. Puis le docteur Malcolm se prépara à partir, ayant un dernier patient à voir. Elle était en voiture et rassura Jason sur ses talents de conductrice.

Ce dernier la raccompagna jusqu'à son véhicule. Après un court moment de silence, Dinah demanda à Barry Sothern :

— Êtes-vous toujours disposé à exécuter mon portrait maintenant que vous avez découvert ma mesquinerie à l'égard de Jason?

— Plus que jamais, la rassura-t-il. Croyez-moi, je comprends votre réaction.

— Vous ne pouvez pas comprendre, protesta-t-elle. Nous venons juste de faire connaissance.

— J'ai l'intuition que Jason Devrel vous a épousée sans vous donner la chance de connaître d'autres hommes.

Dinah le regarda, les yeux arrondis de surprise.

— Était-ce le cas de la jeune fille que vous avez aimée?

— Pas tout à fait, mais ai-je raison à votre sujet?

Dinah ne répondit pas. Elle suivait du doigt le contour du dragon brodé sur le coussin qui lui servait d'appui.

— Domini était-elle très belle, monsieur Sothern?

— Elle possédait avant tout une beauté intérieure, comme vous. Le feu couvait sous la calotte de glace.

Dinah respira profondément.

— Je... je ne suis pas particulièrement placide.

Il secoua la tête et ses yeux se plissèrent.

— Vous êtes trop jeune pour saisir. Vous ne vous êtes jamais montrée très précoce, n'est-ce pas?

— Jason n'aurait pas apprécié une enfant effrontée qui fourre son nez dans ses affaires et ses placards.

Elle essayait de parler d'un ton dégagé mais Sothern l'avait troublée par ses observations... était-il possible qu'elle soit d'une nature passionnée sans en être encore pleinement consciente?

114

— Que pensez-vous de l'idée de poser en habit d'amazone comme le suggère Jason? demanda-t-elle brusquement.

— Je ne sais que dire, cela dépendra beaucoup du vêtement. Je veux que vous soyez vous-même...

— Et les lunettes? l'interrompit-elle.

Il se pencha en avant et les lui retira lentement, puis il étudia son visage avec attention.

— Vous devez les porter, naturellement?

Elle accepta.

— Je suis myope et sans elles, j'erre dans le brouillard le plus opaque!

— La vue peut maintenant être particulièrement et aisément corrigée. Votre mari ne vous en a-t-il jamais parlé? Cela m'étonne un peu, il est sans doute très au courant des dernières techniques.

— Jason, jeta-t-elle, ne s'intéresse pas tant à ma personne et puis, j'ai l'habitude de les porter. De toute façon, soyons réalistes, monsieur Sothern, je ne gagnerai jamais le concours de beauté de Havenshore, même si je me faisais opérer!

— Vous n'êtes donc pas coquette?

— Oh! J'aime les belles robes et je suis assez fière de ma silhouette; pas en ce moment, bien sûr, mais j'espère retrouver assez vite ma minceur. Vous faut-il longtemps pour exécuter un portrait?

— Cela dépend du sujet. L'habit d'amazone me trouble un peu. Il me rappelle l'ère Edwardienne et vous ne ressemblez pas aux femmes de cette époque, à l'esprit étroit et dédaigneux.

— La grand-mère de Jason était une vielle dame intelligente et très digne, protesta Dinah avec une certaine indignation. Il lui ressemble physiquement. Il lui rendait souvent visite en Espagne lorsqu'il était jeune. Vous devriez le peindre lui, en habit de lumières. Son ami Ruy de Mendos lui en a offert un justement avant de se faire encorner dans une arène madrilène. Jason admire le courage des matadors mais n'aime pas le principe de la corrida.

— Il a donc un jugement très sélectif, releva Barry Sothern d'un air pensif. Dites-moi, Dinah, pensez-vous qu'il ferait une quelconque objection à ce que je vous appelle par votre prénom? Vous êtes si jeune et je pourrais être votre père...

Il s'interrompit brusquement en calculant que Jason également pourrait être son père... se fût-il montré précoce pendant son adolescence!

— Je préfère que vous lui posiez directement la question, répondit-elle, hésitante. J'en serais ravie pour ma part mais ses réactions sont si... si imprévisibles.

— Ainsi, neuf fois sur dix, vous obéissez à ses instructions et la dixième, vous vous révoltez et le poussez à bout?

— Vous pensez à la scène de la robe?

— J'ai cru un instant qu'il allait vous administrer une correction devant le docteur et moi.

Un sourire illumina son visage.

— Vous saviez que sa colère serait terrible?

— Oui, admit-elle. Il a assisté à l'accident et depuis il a peur qu'il ne m'arrive la même chose... il est très possessif. Parfois, je surprends son regard rivé sur moi et j'ai l'impression qu'il essaye de subjuguer mon esprit comme il l'a fait de mon corps.

Elle s'arrêta soudain et se mordit les lèvres, en voyant Jason pénétrer dans le salon.

« Avait-il entendu sa dernière remarque? »

Un coup d'œil à son visage ne lui apprit rien. Il avait l'air imperturbable mais Dinah savait combien il était prompt à dissimuler ses émotions derrière un masque d'indifférence.

– Voulez-vous fumer, monsieur Sothern? proposa-t-il en ouvrant un humidificateur entièrement sculpté.

L'artiste accepta avec plaisir le fin cigare, enveloppé d'une feuille bruissante qu'il lui tendait. Une fumée odorante emplit rapidement la pièce mais Dinah y était habituée depuis longtemps. Elle faisait partie de cette maison, tout comme la senteur des roses qui s'exhalait des coupes cristallines ou le dragon sagement blotti dans son alcôve, magnifique apologie de la violence.

– Je me demandais...

– Oui, monsieur Sothern?

Profondément enfoncé dans son fauteuil, Jason regardait le peintre, les yeux mi-clos.

– Comme je serai amené à fréquenter régulièrement votre demeure, me permettriez-vous de vous appeler tous deux par votre prénom? Nos relations seraient ainsi moins formelles.

– Avec plaisir. Mais dites-moi, que pensez-vous de l'idée du costume d'amazone? Dinah monte fréquemment à cheval et il lui ira parfaitement.

– J'aimerais voir le vêtement en question avant de me prononcer.

– J'avais prévu votre réaction.

Jason s'extirpa de son siège et se dirigea vers une armoire en bois laqué d'où il retira une grande boîte carrée. Plantant son cigare entre ses dents, il en retira le couvercle et découvrit l'habit, soigneusement enveloppé dans une pièce de soie fine. Il secoua la longue jupe et la veste et leur fit admirer le vêtement en cachemire, impeccablement coupé et d'un magnifique violet.

– Quelle superbe couleur! s'écria Barry Sothern en sautant sur ses pieds et en s'approchant pour l'examiner de plus près.

– Vous avez absolument raison, Jason. Cela accentuera l'aspect... vulnérable de votre femme et c'est justement une des qualités que je voulais faire ressortir. Ce violet foncé mettra véritablement sa carnation en valeur.

Jason lui décocha un bref regard, les yeux toujours aussi impénétrables.

– Vous êtes très observateur, n'est-ce pas? dit-il en regagnant lentement sa place.

L'artiste contemplait maintenant l'habit à la lumière pour étudier précisément le coefficient d'absorption de cette couleur éclatante, sans être criarde.

– Vous êtes toujours aussi habile, Jason. Vous arrivez une fois encore à vos fins, remarqua Dinah.

– C'est d'autant plus facile que j'ai raison.

Il tira sur son cigare et exhala la fumée par le nez.

– Même si votre robe n'avait pas été mêlée à un accident tragique, j'aurais insisté pour que vous portiez cet habit d'amazone. Pour des raisons sentimentales d'abord, et parce qu'il mettra merveilleusement votre teint en valeur, comme vient de le noter Barry.

– Mes lunettes ne détruiront-elles pas l'effet recherché? murmura-t-elle.

– Vous ne les porterez pas pendant les séances de pose, décréta Barry en replaçant soigneusement le costume dans sa boîte. Peu importe que vous ne distinguiez pas claire-ment mes traits de vieux bourlingueur. Vous ne perdez rien.

– Je pense au contraire que vous avez un visage très intéressant, déclara Dinah en lui adressant un sourire éclatant.

– Vous êtes trop gentille!

Les yeux de Barry brillaient d'une lueur d'énergie créatrice.

– Je suis impatient de me mettre au travail. Étant donné l'état de Dinah, Jason, que diriez-vous d'une séance de pose de dix heures à midi, tous les jours?

– Sera-t-elle assise?

– A la vérité, je n'ai pas encore décidé.

Barry souffla la fumée de son cigare et poursuivit :

– Le costume est si beau que je suis assez tenté de faire un portrait en pied. Je veillerai naturellement à ce qu'elle prenne trois à quatre pauses par séance.

– Parfait. L'affaire est conclue. Quand commencez-vous ?

– Disons, mardi matin ? je consacrerai mon lundi à acheter le matériel nécessaire.

– Buvons-nous à votre futur succès ?

– Avec plaisir.

Jason fit sauter le bouchon d'une bouteille de Bollinger millésimée et lorsqu'il tendit une coupe pleine de champagne pétillant à Dinah, leurs regards se croisèrent et elle repensa à la réception de leur mariage... arriverait-elle un jour à vivre sa propre vie, sans être dirigée par un homme qui ne l'aimait pas ?

Ils trinquèrent au succès de l'entreprise.

– Cette idée de portrait vous séduit-elle, Dinah ? demanda Barry en souriant.

– Oui, reconnut-elle, mais j'ai le sombre pressentiment que je vais jeter une ombre sur votre magnifique collection de tableaux. Pourquoi ne peindriez-vous pas Jason à ma place ?

– Cessez de vous sous-estimer. Habillée de la sorte, vous ne vous reconnaîtrez pas. Toutes les femmes ne peuvent pas porter une telle nuance de violet, comparable aux ombres de plein été qui marbrent le ciel lorsque l'après-midi se termine et que le soir commence à tomber...

– Très bien, déclara-t-elle, le sort en est jeté et du même coup, Jason pourra ajouter une nouvelle épouse Devrel à celles qui ornent déjà les murs de cette vieille maison. Au fait, avez-vous vu le portrait de sa grand-mère espagnole ?

– Pas encore, mais j'aimerais beaucoup, ajouta-t-il rapidement.

Ils quittèrent le salon ensemble et se rendirent dans le hall où le tableau, magnifiquement mis en valeur dans un cadre doré, pendait sur le mur lambrissé. Doña Manuela, pensa Dinah, dont Jason avait hérité les yeux sombres et profonds, les traits marqués et fiers ainsi que les cheveux couleur de jais...

Puis à haute voix :

– Comment puis-je supporter la comparaison? N'est-elle pas splendide?

Le regard observateur de Barry se posa immédiatement sur la main tenant l'éventail en dentelle noire et surtout sur la bague qui maintenant brillait au doigt de Dinah.

– Puis-je?

Il saisit la main gauche de Dinah et étudia le bijou.

– Il faut absolument qu'il figure sur votre portrait. C'est un merveilleux lien entre les générations et plus tard, lorsque votre enfant sera grand, vous le lui ferez remarquer.

– Mais je ne...

Elle s'interrompit et se dégagea brutalement.

– C'est Jason qui tient absolument à perpétuer les traditions de famille, ce sera à lui de s'en charger.

Quelque chose dans sa voix avertit Barry que l'atmosphère s'était à nouveau chargée d'électricité. Il regarda ostensiblement sa montre et déclara qu'il était grand temps qu'il se retire. Il remercia chaleureusement ses hôtes pour cette soirée fort sympathique et tandis que Jason le raccompagnait, Dinah monta dans ses appartements.

Elle avait demandé à Hester de ne pas l'attendre et après avoir fermé la porte, elle tira le verrou de cuivre. Puis elle se déshabilla, prit une douche chaude et s'essuya lentement. Elle avait beaucoup apprécié la soirée et se sentait enthousiasmée à l'idée d'être peinte par un artiste aussi doué que Barry Sothern.

Les séances de pose rythmeraient les interminables semaines qui s'écoulaient dans l'inaction et la monotonie la plus complète. Elle caressa son ventre tendu. Comme l'avait deviné le docteur Malcolm, elle appréhendait cette naissance car elle était intimement persuadée qu'un enfant ne pouvait se concevoir que dans l'amour et la tendresse et ne devait en aucun cas devenir le triste héros d'un rapport de forces.

Grâce à sa puissance et à sa volonté, Jason avait gagné la bataille... il avait vaincu sa résistance en éveillant délicatement ses sens réticents par ses attentions à la fois tendres et pressantes.

Le souvenir de cette nuit de la Toussaint était aussi vivant dans son esprit que le bébé dans son ventre. Perdue dans ses pensées, elle enfila rapidement une chemise de nuit en soie, sans manches, et se coucha.

Elle feuilletait un magazine lorsqu'elle entendit tourner le bouton de la porte. Elle le regarda, fascinée, aller de gauche à droite... et à nouveau de gauche à droite. Elle savait que c'était Jason, et elle était rassurée à l'idée qu'il ne pût pénétrer dans sa chambre. Le verrou était solide et seul dans les films les héros exaltés brisaient les portes à la seule force de leurs muscles. Jason ne s'y risquerait pas.

Dinah l'imagina dans son habit de soirée, les yeux mi clos derrière l'huis. Elle savait intuitivement qu'il monterait dans sa chambre cette nuit-là. La scène de la robe l'avait terriblement fâché... mais lorsqu'il la lui avait arrachée, elle avait senti l'excitation monter entre eux, essayant désespérément de faire exploser les contraintes qu'ils s'étaient imposées.

Dinah s'enfonça dans son lit, écoutant le silence seulement troublé par le tic-tac régulier du réveil. Ses membres étaient chauds et languides.

Elle se tournait sur l'oreiller pour éteindre la lampe de

chevet lorsque les portes-fenêtres du balcon s'ouvrirent brutalement sous la poussée de Jason. Pendant quelques secondes, Dinah sembla paralysée, puis elle s'assit et affronta son regard.

– Que... que voulez-vous?

Ses yeux, agrandis par la surprise, essayaient de déchiffrer ses traits.

– Ce soir, ma chère, j'ai décidé de passer la nuit avec vous, dit-il en commençant à se déshabiller.

– Par... partez!

Dinah remonta les draps jusque sous son menton.

– Vous n'avez aucune raison de vous trouver ici. Vous aviez promis...

– Ceci ne serait pas arrivé, Dinah, si vous n'aviez pas verrouillé votre porte.

Il s'approcha d'elle et la toisa de toute sa hauteur.

– J'avais simplement l'intention de discuter avec vous du portrait mais cette dernière initiative, ajoutée à la scène de cette robe macabre, m'a fait perdre patience.

Il écarta le drap et ses yeux s'attardèrent sur son corps à peine dissimulé par la chemise en soie. Ses doigts descendirent lentement de son épaule nue à son ventre gonflé.

Dinah l'entendit reprendre sa respiration et sut à quoi il pensait... c'était son bébé et il lui donnait tous les droits.

– Magnifique maman! murmura-t-il en se glissant près d'elle. J'ai entendu ce que vous disait le docteur et je partage tout à fait son avis.

Dinah essayait tant bien que mal de le repousser mais il était si puissant et si décidé...

– Votre maternité vous rend tellement séduisante!

Il la maintint au creux de son épaule parcourant son visage avec ses lèvres.

– Ne me rejetez pas, Dinah, pas cette fois!

Elle se sentait envahie par une immense langueur... son corps acceptait les caresses de Jason alors que son esprit continuait à lui crier de ne pas lui faire confiance.

– Arrêtez, partez!

Elle frappait sa poitrine de ses poings fermés sans même qu'il parût s'en rendre compte. Ses coups avaient beaucoup moins d'effet que les baisers qu'il lui prodiguait.

– Que le diable vous emporte! geignit-elle, mais il se contenta de rire en lui fermant les yeux sous ses lèvres.

Soudain, le temps n'exista plus pour Dinah. Il avait réveillé de multiples brasiers en elle. Elle enroula ses bras autour de son cou et ses yeux se perdirent dans la vision d'un Jason aux cheveux ébouriffés et dans le regard duquel dansaient les feux de la passion. Elle s'accrocha désespérément à son dos musclé, et quand une immense explosion de joie envahit son corps, elle faillit crier.

Après cette étreinte brutale, elle resta silencieuse et pensive. Soudain Jason se glissa hors du lit, cherchant à tâtons ses vêtements éparpillés dans toute la pièce. Il se dirigea vers la fenêtre :

– Bonsoir, Dinah, jeta-t-il par-dessus son épaule. Faites de beaux rêves!

Il referma les volets derrière lui, laissant la jeune femme aux prises avec les draps chiffonnés. Sa joie avait complètement disparu... Jason ne lui avait donné aucune preuve d'amour. Il était parti avec l'habituelle arrogance de celui qui a obtenu ce qu'il voulait.

Elle était trop blessée dans sa fierté pour être en colère. Elle aurait voulu ne plus jamais le revoir, de peur de retrouver dans ses yeux sombres la preuve de son abandon et des sensations qu'il lui avait procurées, sans la moindre étincelle d'amour.

Tout à coup, elle ne put supporter plus longtemps les sentiments et les pensées avec lesquels il l'avait abandonnée. Elle courut jusqu'à la salle de bains et s'offrit au jet de la douche pendant de longues minutes.

Vêtue de son peignoir, elle se sécha les cheveux et cet air chaud apaisa son esprit tourmenté. C'était la seule chose qu'elle avait trouvée pour se calmer et empêcher que les larmes n'inondent son visage. La fatigue eut finalement raison d'elle et elle s'endormit sur une chauffeuse, simplement enroulée dans une couverture. Elle n'avait pas le courage de revenir dans ce grand lit et de passer la nuit à se souvenir.

Ses rêves furent peuplés de vagues déferlant sur les rochers... entraînant des bancs de sable dans les profondeurs incommensurables d'une caverne noire.

8

Dinah n'eut pas à souffrir des séances de pose car Barry lui accordait un intermède toutes les demi-heures.

Ils buvaient du café et mangeaient des beignets odorants. Dès le premier jour, il la prévint qu'elle ne serait pas autorisée à voir le portrait avant qu'il ne l'ait terminé et qu'il en soit parfaitement satisfait. Et chaque soir, il dissimulait le tableau sous une toile cirée qu'il attachait soigneusement avec de fines lanières de cuir, protégeant ainsi son œuvre des regards indiscrets.

— Vous n'avez pas confiance en moi? voulut savoir Dinah.

— Les femmes sont naturellement curieuses, rétorqua-t-il. Et à cette étape du portrait, vous risquez de ne pas aimer ce que vous allez découvrir et de modifier votre regard en conséquence.

— Comment cela? demanda-t-elle. Tous les myopes ne regardent-ils pas comme s'ils essayaient de percer un épais brouillard?

— Dans un sens, oui, concéda-t-il, et cela leur donne un certain charme mais une certaine vulnérabilité aussi, car ils savent qu'ils sont susceptibles de trébucher sur des objets. A la différence de nous, ils se déplacent avec précaution.

— C'est à Jason que vous pensez en parlant ainsi?

De toute évidence, Barry évitait d'aborder le sujet de Jason, comme s'il n'avait pas encore décidé s'il appréciait ou non l'homme qu'elle avait épousé.

— Jason connaît parfaitement la place qu'il occupe dans la société, et s'il existe une seule chose au monde dont il ne soit pas sûr, il la cache bien.

— Vous ne l'aimez pas? demanda-t-elle. J'ai remarqué que la plupart du temps, vous arriviez juste après son départ...

— J'ai mes raisons, dit Barry en terminant son café. Êtes-vous prête à reprendre la pose?

— Attendez, Barry. Expliquez-moi d'abord quelles sont ces raisons!

— Vous voyez! Quand je vous disais que les femmes étaient curieuses!

— Dites-moi, supplia-t-elle.

— C'est un homme exigeant, Dinah. Il insisterait pour savoir où j'en suis et je n'ai pas l'intention d'accéder à sa requête, du moins pour l'instant.

— Il vous rend nerveux, s'étonna-t-elle.

— Lui non, mais je crains sa réaction. Je risque... Je risque de lui révéler quelque chose qu'il considère comme sien, exclusivement sien, si vous me comprenez...

Elle réfléchit à ses propos.

— Je crois... je crois que je comprends.

Elle rougit au souvenir de Jason et de leur étreinte passionnée.

— Jason est possessif. Pour lui, je suis et je resterai toujours cette petite fille perdue qui a fait un matin irruption dans sa vie. Je me souviens encore combien j'avais été impressionnée par sa grande taille. Il s'était baissé et me souleva de terre comme un fétu de paille alors que les larmes inondaient mon visage. Je me sentais si désespérée à l'idée de ne plus jamais revoir mes parents. Jason me porta dans le salon de musique et m'installa dans un profond fauteuil en cuir. Il se mit au piano et me joua du Chopin. Je suppose qu'il savait déjà à cette époque que je resterais toujours avec lui et qu'il ne me laisserait plus partir.

— Ma chère Dinah...

— Je me suis quand même enfuie, vous savez? Pas longtemps, bien sûr; il m'a vite retrouvée et je n'ai eu d'autre alternative que de l'épouser.

Les matinées en compagnie de Barry se déroulaient dans la bonne humeur mais ils ne reparlèrent plus jamais de son mariage. Barry avait compris qu'elle lui en avait dit beaucoup plus qu'elle ne l'escomptait et il appréciait cette nouvelle marque de confiance. Dinah pour sa part, le considérait comme un ami et lui était reconnaissante de sa présence.

— Avez-vous jamais été entièrement satisfait des tableaux représentant Domini? lui demanda-t-elle un matin.

Il secoua la tête.

— Je l'aimais, et pour un homme amoureux, la femme est toujours changeante. C'est la capacité des êtres à changer qui les rend attirants... du moins, c'est ce que je crois.

— Domini était-elle attirante?

— Merveilleusement attirante.

Son regard se fixa quelques secondes sur Dinah puis il se pencha pour ajouter une touche supplémentaire à sa toile.

— Vous l'êtes vous aussi, Dinah et comme Domini, vous n'en êtes pas consciente et vous ne vous en servez pas pour arriver à vos fins. Les femmes naïves sont rares – je parle par expérience. J'ai peint un nombre incroyable de femmes et ce sont toujours celles dotées d'une richesse intérieure qui font les meilleurs tableaux, qu'elles soient belles ou laides. L'artiste arrive souvent à traduire les sentiments qu'elles dissimulent.

– C'est ce que vous essayez de faire avec moi?

Elle souriait, mais une vague appréhension subsistait en elle. Allait-elle aimer son portrait lorsqu'elle le découvrirait? Mais plus important encore, quelle serait la réaction de Jason?

– Ne soyez pas si impatiente! grommela-t-il. Le jour viendra où vous pourrez vous contempler à loisir.

– Et si je n'aime pas?

– J'en serai désolé.

– Et si Jason ne m'aime pas, lui non plus?

– J'imagine qu'il me paiera mes honoraires et abandonnera le portrait dans un de ses nombreux greniers mais en attendant, ma chère, enlevez cette expression de votre visage!

– Quelle expression?

– Vous faites la moue, car au plus profond de vous-même, vous souhaitez que votre mari vous trouve belle.

– Est-ce ainsi que vous m'avez dépeinte?

Puis elle éclata de rire.

– Non, vous êtes un peintre trop honnête pour cacher la vérité!

– Ridiculement honnête! La beauté est profonde. C'est le mystère qui fait la femme.

– Suis-je mystérieuse, Barry?

Cette idée intriguait Dinah.

– Vous êtes comme un coquillage, à la fois délicate et secrète, lui répondit-il.

– Hum! j'espère que vous ne m'avez pas représentée comme une moule ventrue malmenée par la marée!

Il eut un rire étouffé.

– Je ne crois pas que Jason trouverait une telle abstraction à son goût.

– C'est donc lui que vous essayez de satisfaire?

– Vous et lui, je l'espère.

Barry lui décocha un regard comique.

— Savez-vous, Dinah, que les hommes et les femmes sont très différents? Ils pensent et agissent chacun à leur manière et c'est ce clivage qui est excitant. Ils ne sont pas inégaux mais différents comme... le jour et la nuit.

— Qui est la nuit? demanda-t-elle.

— Devez-vous vraiment poser la question?

— Les femmes sont les créatures de la nuit, c'est ce que vous voulez dire?

— Inévitablement. Leur corps renferme de merveilleux secrets dont la plupart sont liés à l'amour.

— Et c'est la nuit qu'on fait l'amour... murmura-t-elle.

— C'est le meilleur moment, répondit-il en souriant. La nuit aussi a son mystère.

— Cette conversation devient un peu risquée! s'exclama-t-elle. Supposez que mon mari entre inopinément et surprenne nos propos!

— Avez-vous peur qu'il me rompe le cou?

— Je crois qu'il briserait d'abord le mien.

— Je ne doute pas qu'il soit d'une jalousie féroce, mais je doute qu'il ose lever la main sur vous.

— A cause du bébé?

— Non! Voulez-vous que je vous raconte ce qu'il m'a dit lorsqu'il m'a proposé d'exécuter votre portrait?

— Il... il vous a sûrement parlé de la tradition Devrel.

— Oui, mais ce n'est pas tout, Dinah. Il m'a déclaré qu'il me considérait comme l'un des meilleurs peintres à pouvoir saisir la quintessence d'un être. Il a insisté en affirmant qu'il ne voulait pas une simple reproduction, joliment exécutée. Il voulait que j'extirpe la vérité de vous... l'impalpable vérité.

— Je vois. Et... et c'est ce que vous faites?

Barry inclina la tête.

— J'essaie tout au moins et j'espère seulement qu'il

acceptera la façon dont je vous vois. Il y a de la tristesse au fond de vos yeux, ma chère enfant, je ne peux la remplacer par une lueur de bonheur, si elle n'existe pas. Il faut qu'il le comprenne.

— Ne craignez rien, dit-elle. Jason sait que je ne suis pas ravie d'être devenue une Devrel et que je suis comme un oiseau en cage, luttant désespérément pour recouvrer ma liberté. Il... il m'a obligée à l'épouser.

— Comme Domini, murmura Barry; elle aussi croyait que Paul ne la désirait que physiquement.

— N'est-ce pas ce que la plupart des hommes recherchent dans une femme?

Dinah parlait avec une soudaine froideur.

— Tiennent-ils jamais compte de nos sentiments?

— Certains, oui, Dinah. D'autres, non. C'est dans la règle du jeu.

— La règle du jeu? répéta-t-elle en écho.

— Celui de la vie. Parfois nous marquons un point, d'autres fois nous en perdons un. Mais ne vous méprenez pas, les hommes ont besoin d'autant d'amour que les femmes.

— Vous êtes très romantique, Barry, dit-elle en souriant.

— Je serais un bien piètre artiste si je ne l'étais pas. La plupart des arts sont nés d'histoires romantiques. Prenez l'exemple des films de Fred Astaire que vous admirez tant.

Ses yeux s'adoucirent et elle laissa échapper un bref soupir.

— Vous m'avez presque convaincue, Barry.

— Presque? Vous résistez donc toujours à vos impulsions?

— Il fut un temps...

Elle haussa les épaules puis se rappela qu'elle ne devait pas modifier sa pose. Elle se tenait debout, au pied de l'escalier, appuyée à la rampe. Le magnifique costume d'amazone n'avait eu besoin que de petites retouches pour lui aller parfaitement et Barry lui avait expliqué comment relever la jupe pour découvrir les bottes de monte qui apportaient la note qu'il recherchait.

Bien qu'elle ne fût pas coquette, Dinah était heureuse de ne pas être présentée avec ses habituelles lunettes. Au plus profond de son cœur, elle voulait que son fils ou sa fille n'ait pas honte devant son portrait.

— Dinah?

— Désolée. Est-ce que j'ai bougé?

— Non, mais je me demandais ce qui vous troublait tant... Puis-je savoir?

Elle secoua la tête.

— Je suis bon public, insista Barry.

— Je sais, mais...

— Il y a des choses qui ne se racontent pas?

— Parlez-moi plutôt de la Crète et chassez mes idées noires, Barry!

Il obtempéra et au cours des jours qui suivirent, Dinah apprit beaucoup sur la Grèce où il possédait une villa et où, selon lui, nulle part ailleurs la lumière n'était plus belle. Il lui parla de ses amis grecs et elle regretta qu'un homme aussi talentueux et avisé ne soit pas marié et n'ait pas d'enfants.

A la différence de Dinah, Barry semblait croire à l'amour. Comme pouvait-elle lui dire ce qu'il en était de sa vie avec Jason? Elle était sa possession. Lorsqu'il la regardait, la touchait, c'était toujours avec un instinct de propriété.

L'amour est quelque chose que l'on donne et non pas que l'on prend... ceci suffisait à lui prouver que Jason ne l'aimait pas. Elle était simplement sienne, bibelot entre les bibelots qu'il manipulait au gré de sa fantaisie avant de se retirer dans son cabinet de travail. Son bureau disparaissait sous les documents et les épais dossiers; et Masefield, son secrétaire, sortait rarement de son repaire, ayant toujours à répondre à quelques lettres ou à vérifier des colonnes de chiffres.

Lorsqu'elle était petite, Dinah pensait que Masefield ne se nourrissait que de champignons car avec ses cheveux grisonnants et son visage sage et rêveur, il lui faisait penser à un gnome. Elle apprit par la suite qu'il vivait de sandwichs au poulet et de café et que son seul plaisir consistait à fumer sa pipe dans le jardin, le temps d'une pause.

Elle avait remarqué depuis longtemps que les personnes qui travaillaient pour Jason quittaient rarement leur emploi. Ils avaient même tendance à se marier entre eux et Hester, sa jeune femme de chambre était aux anges depuis que le chauffeur lui avait passé une bague de perles à la main gauche.

Il y avait des jours où Dinah enviait Hester. L'amour l'avait transformée. Il avait allumé une lueur de bonheur dans ses yeux bruns et lui avait donné une démarche aérienne.

Un soir, elles avaient discuté du prochain mariage de la jeune fille qui se déroulerait dans la petite église du village où elle avait passé son enfance.

— Je ne pourrais songer à me marier autrement qu'en blanc, Miss Dinah, dit-elle en brossant lentement la chevelure soyeuse de sa maîtresse. Mon père m'offre la robe et ma grand-mère me prête le voile qu'elle portait à son propre mariage. Il mesure plusieurs mètres de long et c'est son frère, ambulancier pendant la guerre, qui le lui a rapporté de Bruxelles. Sa couleur a un peu jauni avec le temps, mais il est toujours aussi beau et les vieilles choses, paraît-il, portent bonheur.

Dinah regarda le visage épanoui de Hester dans le miroir et se souvint de son propre mariage.

— Je ne pense pas que vous ayez besoin de porte-bonheur. Je suis sûre que Jenkins est aux petits soins pour vous.

— Pour ça, oui, Miss, bien que maman le trouve un peu âgé. Mais comme je lui ai fait remarquer, monsieur Jason est également plus âgé que vous et comme il est attentionné!

— Mon mari, sourit Dinah, prend soin de tout ce qu'il possède. Vous a-t-il déjà demandé ce que vous souhaitiez comme cadeau de mariage?

Hester acquiesça timidement.

— J'aimerais avoir un de ces nouveaux réfrigérateur-congélateur et il a promis qu'il nous en ferait livrer un pendant notre lune de miel.

Une rougeur subite envahit son visage dont la peau était déjà naturellement rose.

— Nous partons en Écosse, Miss Dinah. Jeff y a des parents et il m'a si souvent parlé des magnifiques paysages de ce pays que je languis de les découvrir.

— Vous avez de la chance, Hester.

Dinah était sincère.

— Je veux également vous faire un présent, un peu plus personnel qu'un réfrigérateur. Je vais appeler ma couturière pour qu'elle vienne prendre vos mensurations et vous fasse une chemise de nuit et un déshabillé pour votre voyage de noces. Cela vous ferait-il plaisir?

— Mon Jeff sera ravi! répondit Hester qui ne pouvait dissimuler son contentement. Vous êtes très bonne, Miss Dinah.

— Et vous si gentille, Hester. Je tiens absolument à ce que vous ayez une lingerie de nuit digne de la robe que vous porterez à l'église.

Dinah se leva du tabouret et appliqua ses mains sur son ventre car maintenant elle commençait à sentir le poids du bébé lorsqu'elle se tenait debout. D'un secret abstrait et coupable, il était devenu un minuscule être humain dont elle ne pouvait plus oublier la présence. Chaque fois qu'elle y songeait, les battements de son cœur s'accéléraient et elle avait envie de pleurer.

Elle savait désormais que lorsqu'elle entendrait ses premiers cris, elle ne pourrait se résigner à l'abandonner.

Jason... Jason l'avait toujours su. Il avait parié que sa fibre maternelle se réveillerait et qu'elle aimerait cet enfant qu'elle avait nourri et auquel elle était liée avant qu'il ne naisse.

– Vous sentez-vous bien, Miss Dinah?

L'inquiétude qu'elle devinait dans la voix de Hester lui fit oublier ses tristes pensées.

– Oui, répondit-elle en souriant. Je vais me coucher et lire un peu avant de m'endormir.

Elle parcourut avec intérêt l'ouvrage qu'elle avait choisi mais éteignit rapidement sa lampe de chevet et resta dans le noir à écouter les vagues qui venaient mourir contre les rochers. Le bruit de l'eau qui s'engouffrait dans les cavernes creusées au pied des falaises montait et résonnait longtemps dans la vieille demeure.

Dinah s'endormit vite, bercée par ce rythme sourd et liquide pour se réveiller en sursaut quelques heures plus tard. Elle s'assit dans le lit, en proie à une terrible angoisse, et essaya de percer les ténèbres comme si elle sentait une présence cachée. Elle eut un frisson... les rideaux n'étaient pas tirés et ondoyaient légèrement mais ce n'était pas dans cette direction qu'elle avait cru discerner un moment imperceptible.

– Est-ce vous, Jason?

Seul le silence lui répondit et Dinah s'exhorta à la raison. Il n'aurait pu pénétrer dans sa chambre sans qu'elle ne l'entende. Elle avait le sommeil léger et se réveillait immédiatement dès que Hester ou la femme de ménage entrait... Elle savait qu'elles avaient reçu des ordres pour veiller sur elle, au cas où il lui reprendrait l'envie de partir sans prévenir.

Elle voulait tout d'un coup fuir de cette chambre trop grande, emplie d'ombres malfaisantes. Elle s'enfonça plus profondément dans le lit et remonta les couvertures sur son visage comme une écolière cherchant à chasser ses terreurs nocturnes et imaginaires.

Mais graduellement ses nerfs reprirent le dessus. Elle ne pouvait s'empêcher de repenser au film qu'elle avait regardé l'autre soir, en attendant Jason... la jeune fille seule au rez-de-chaussée, les enfants endormis à l'étage, la sonnerie insistante du téléphone et cette voix de nulle part qui proférait des menaces. Toutes ces images repassaient dans sa tête. Elle était restée rivée à l'écran comme hypnotisée, jusqu'au moment où Jason était entré dans le salon de musique et l'avait trouvée, recroquevillée dans un profond fauteuil et désespérément accrochée à un coussin, encore sous le choc de la scène finale.

Il lui avait interdit toute nouvelle projection tardive et comme au bon vieux temps l'avait portée dans ses bras... jusque dans sa chambre. Il l'avait doucement bordée et s'était retiré après un bonsoir poli.

Elle ne pouvait plus supporter d'être seule avec ses angoisses. D'un bond, elle sauta hors du lit, enfila son peignoir et ses pantoufles et courut jusqu'à la porte. Elle se retrouva dans le couloir silencieux, faiblement éclairé, et se dirigea rapidement vers la chambre de Jason.

L'instinct seul la guidait, elle voulait éloigner ses craintes... et les fantômes, réels ou imaginaires qui cette nuit avaient décidé de la poursuivre sans relâche.

Elle ouvrit la chambre et à ce bruit, Jason se réveilla immédiatement.

— Qui est-ce? murmura-t-il.
— C'est moi.

Tout d'un coup, Dinah se sentit à nouveau subjuguée alors qu'elle clignait des yeux sous la lumière de la lampe de chevet qu'il venait d'allumer.

– Vous sentez-vous mal? demanda-t-il aussitôt, en regardant sa silhouette hésitante dans l'encadrement de la porte.

– Je...

Elle avança d'un pas.

– J'ai eu si peur... je croyais que quelqu'un avait pénétré dans ma chambre...

– Vous avez fait un cauchemar.

– Sans doute.

Elle s'approcha davantage car dans la lumière, il paraissait solide et fort et là derrière... dans le couloir sombre, un fantôme drapé de gris la guettait peut-être encore.

– Puis-je... puis-je rester avec vous?

Il ne répondit pas immédiatement et comme ne pouvait discerner les traits de son visage, elle interpréta son silence comme un refus et fit un pas en arrière.

– Très bien. Dans ce cas...

– Approchez, voyons.

Dinah se précipita aussitôt dans ses bras, cachant sa tête dans le creux de son épaule. La main protectrice de Jason caressait ses cheveux d'un geste lent et chaud.

– Peut-être avez-vous aussi trop mangé, ce qui ne facilite pas un sommeil paisible, lui rappela-t-il.

Elle acquiesça.

Il repoussa le drap et elle devina qu'il retenait sa respiration alors qu'elle enlevait sa robe de chambre et découvrait sa chemise de nuit en dentelle. Elle se glissa auprès de lui et il éteignit immédiatement la lumière avant de l'attirer dans ses bras. Lorsqu'ils se refermèrent sur elle, Dinah respira profondément sa peau et ses cheveux tout proches.

136

– Ai-je fait fuir vos terreurs nocturnes? murmura-t-il. Ont-elles disparu, mon étrange et troublante Dinah?

– Vous devez penser que je suis très impressionnable!

– Je constate simplement que vous êtes enceinte et un peu trop portée sur les bonnes choses. Mais je suis prêt à éliminer tous les lutins qui vous poursuivent.

Il semblait tout d'un coup très humain.

Elle prit sa main et la posa sur son ventre tendu. Comme libérée, celle-ci se mit à vivre et prolongea la caresse sur tout son corps. Dinah s'entendit crier le nom de Jason comme elle s'accrochait désespérément à ses épaules solides et moites puis elle se blottit contre sa poitrine, les joues rouges d'émotion. Son corps était parcouru de frissons et elle laissa échapper un petit soupir de satisfaction.

– Quel plaisir, Dinah, lorsque vous vous abandonnez!

– L'ai-je fait?

– Sans nul doute.

Elle plongea son regard dans le sien, désireuse de percer le secret de ses grands yeux sombres. Ils étaient à demi dissimulés et elle se demanda si son bébé aurait les mêmes cils noirs et épais.

– Il y a des moments où vous trahissez votre sensibilité, murmura-t-elle.

– Pensiez-vous, ma chère, qu'il n'y avait rien sous ma carapace?

– Vous la quittez rarement, Jason.

Sa main caressait son visage, suivait la ligne puissante de ses mâchoires. Il écrasa ses lèvres sur les siennes et tous ses sens se réveillèrent à leur contact... dans son élan passionné, il l'emporta dans un monde où les étoiles palpitaient et évoluaient dans un vide vertigineux.

Il avait depuis longtemps succombé au sommeil, que

Dinah restait encore les yeux grands ouverts dans la pénombre, écoutant sa respiration, sa tête noire reposant contre elle. Pourquoi le désirait-elle lorsqu'elle se trouvait dans ses bras et se rebellait-elle lorsqu'elle n'y était plus?

La réponse tenait en quelques mots : la nuit de la Toussaint! où il n'avait pas pris le temps de lui déclarer : « Dinah, laissez-moi vous aimer! » Il l'avait fait sans se préoccuper d'elle, l'épuisant jusqu'à ses dernières forces et l'abandonnant triste et le cœur brisé.

Depuis cette nuit-là, leurs étreintes ne signifiaient plus qu'une chose pour elle. Son corps avait besoin d'être réchauffé, désiré et apaisé.

Avec un soupir de sommeil, Dinah ferma les yeux et s'endormit enfin, à peine consciente du bras puissant qui l'enlaçait.

Lorsqu'elle se réveilla le lendemain matin, elle était seule dans le grand lit. Les oiseaux chantaient dans le jardin et, Dieu merci, elle ne se sentait pas le moins du monde fatiguée. Au contraire, elle avait une faim de loup et rêvait d'un plateau d'œufs au bacon, de croissants, de confiture et de café.

Elle tira sur le cordon de service et à son arrivée, Hester la trouva confortablement adossée à une pile d'oreillers, éclatante de beauté dans sa chemise de dentelle.

— Jason vous a-t-il dit que je me trouvais ici?

— Oui, Miss Dinah et il m'a fait remarquer l'heure, si je puis me permettre.

Hester arrangea les couvertures et ajouta avec un sourire complice :

— J'ai été élevée dans l'idée que les couples mariés devaient partager la même chambre.

— Jason et moi sommes très indépendants, répondit-elle d'un ton détaché.

— C'est bien pour ceux qui ne sont plus amoureux!

commenta-t-elle. Avez-vous faim? Votre teint est tout rose! Je peux aller vous chercher un verre d'eau et un biscuit.

— Non, soyez gentille et apportez-moi un solide petit déjeuner. Jason est-il déjà parti pour la banque?

— Il téléphonait il y a un instant. Voulez-vous que je lui demande de monter?

— S'il veut me parler, il sait où me trouver. Descendez vite et n'oubliez pas la confiture surtout!

— Déjeunerez-vous au lit, Miss Dinah?

— Pourquoi pas? déclara-t-elle en se calant contre les oreillers. Je dois avouer que ce lit est très confortable.

Lorsque Hester revint avec le plateau, Jason la suivait, détendu et magnifique dans un costume sombre.

— Bonjour, Dinah! Allez-vous vraiment engloutir tout cela?

— Essayez donc de m'en empêcher!

Il s'assit sur le bord du lit alors que Hester versait le café.

— Je suis heureux de vous voir en appétit. Je viens d'appeler le docteur Malcolm et elle m'a conseillé de réduire vos temps de pose d'une demi-heure.

Dinah étudia Jason par-dessus le bord de sa tasse et une lueur de crainte assombrit ses yeux.

— Pourquoi?

— Nous ne souhaitons pas que vous vous fatiguiez à trois mois de grossesse. C'est une requête tout à fait raisonnable et il n'y a pas à s'en inquiéter.

— Êtes-vous anxieux, Jason?

— Seulement prudent. Buvez votre café!

— C'est moi qui suis enceinte et j'ai le droit de savoir! insista Dinah.

— Je vous le répète. Tout va très bien mais nous ne voulons pas que les poses vous fatiguent outre mesure.

— Le portrait est votre idée, après tout. Je me demande

parfois si nous ne cherchez pas à vous débarrasser de moi.

– Ne dites pas de bêtises!

Il se tourna vers Hester.

– Veuillez nous laisser seuls quelques instants.

Hester obtempéra non sans lancer un regard courroucé à Dinah.

Une fois la porte fermée, Jason se pencha vers elle et l'obligea à le regarder.

– Je croyais que vous avions exorcisé certaines de vos craintes. Dinah, j'ai partagé ce lit avec vous cette nuit et à présent, vous essayez de me pousser à bout en tenant des propos stupides. Comme si je souhaitais que vous mourriez!

– Si cela arrivait, Jason, vous n'auriez pas à supporter les commérages sur notre divorce. Vous connaissez les gens, ils estiment que leur banquier doit être intègre et au-dessus de tout soupçon.

– Nous en rediscuterons en temps voulu, dit-il sèchement. En attendant, votre seule préoccupation est d'avoir un beau bébé et je suis ravi que vous commenciez la journée avec des œufs au bacon.

– Je... je crois que je n'ai plus faim, dit-elle de mauvaise grâce. Hester peut ramener le plateau.

– Elle ne le fera que lorsqu'il sera vide.

Son regard devint menaçant.

– Vous savez, je n'hésiterai pas à vous administrer une bonne fessée si c'est la seule façon de vous faire perdre cette mauvaise habitude de vous conduire comme une gamine récalcitrante.

– Je suis sûre que je vous y prendriez un immense plaisir, riposta-t-elle.

Jason posa sa main sur son épaule nue sous la fine chemise en dentelle.

– Pourquoi ce besoin de détruire systématiquement nos

relations, Dinah. Nous avons passé une nuit merveilleuse et je ne parle pas qu'en mon nom. Reconnaissez-le pour une fois.

— J'ai... j'ai fait un cauchemar, dit-elle en se dégageant de son étreinte... et je suis seulement venue me réconforter auprès de vous.

— Allez au diable!

Il se redressa brutalement.

— Vous devenez de plus en plus effrontée. Je ne peux même plus vous faire confiance. Alors, écoutez-moi bien. C'est mon enfant que vous portez et je n'ai pas envie qu'il souffre de vos états d'âme. Aussi vous sourirez lorsque je vous le demanderai, vous mangerez quand je vous en donnerai l'ordre et vous viendrez dans ce lit dès que je claquerai des doigts. Est-ce clair?

— Parfaitement.

Elle le regarda.

— Je retrouve le vrai Jason – celui qui aime commander et qui prend son plaisir sans même un mot de...

Elle s'interrompit pour mordre dans son croissant.

— Un mot de quoi? demanda-t-il en se penchant vers elle.

Mais elle mâchait consciencieusement sa bouchée et refusa obstinément de lui répondre.

— Très bien, Dinah. En tout cas, ne vous risquez pas à oublier ce que je viens de vous dire. Compris?

— Bien, mon seigneur et maître!

Elle lui adressa un salut moqueur.

— Je serai toujours présente à l'appel et je vous obéirai au doigt et à l'œil. Mais le moment venu, je veillerai à ce que vous aussi vous vous comportiez de même.

— Ce qui signifie?

Ses sourcils ne formaient plus qu'une ligne noire au-dessus de ses yeux sombres, et il avait pris l'allure belliqueuse d'un matador face à un taureau furieux.

– Je fais allusion à ce document que nous avons signé. J'ai été stupide d'argumenter à propos de la pension, car je la mérite sou après sou et après ma performance de la nuit dernière, je commence à croire que je devrais même avoir le droit à un bonus.

– Sale gosse! lâcha-t-il, à bouts d'arguments. J'avais un présent pour vous mais vous n'en êtes pas digne.

– Je n'ai que faire de vos cadeaux, Jason.

Dinah attaqua ses œufs au bacon avec une satisfaction soudaine, lui ayant suffisamment démontré que ce qui s'était passé la nuit précédente n'était qu'une expérience plaisante pour l'un comme pour l'autre mais sans conséquence... et avec le temps – six mois encore – elle pensait pouvoir devenir aussi insensible et cynique que lui.

Il s'apprêtait à quitter la pièce lorsqu'il s'arrêta, fouilla dans sa poche et en ressortit un étui en cuir de forme oblongue. Sans un mot, il le jeta sur le lit et sortit, laissant la porte ouverte derrière lui pour que Hester puisse rejoindre sa maîtresse.

Elle remarqua immédiatement la boîte et l'approcha à portée de main de Dinah.

– Ouvrez-la, demanda Dinah.

– Vous devriez le faire vous-même, Miss Dinah.

Hester le lui tendit et Dinah le saisit en grommelant. Elle ouvrit le fermoir d'un geste brusque pour découvrir un collier d'opales magnifiquement présenté sur un petit coussin de velours noir.

Hester avait le souffle coupé par l'admiration.

– Quelle chance vous avez, Miss. Ne sont-elles pas sublimes?

Dinah souleva le collier, honteuse tout à coup de son comportement si puéril.

– Oui, elles sont très belles, murmura-t-elle.

– Vous devriez les mettre immédiatement, insista Hester. L'effet sera ravissant sur votre peau claire. Si... Si je puis me permettre, Miss Dinah, je... je vous suggérerais comment remercier monsieur Jason.

Dinah ne put s'empêcher de rire devant le visage contrit de sa femme de chambre.

– Je vous écoute, Hester.

La jeune fille hésita, rougit, puis répondit :

– Eh bien, vous pourriez par exemple lui donner autant de baisers qu'il y a d'opales.

– Très romantique! se moqua Dinah. Nous voilà en plein roman d'amour.

– Je ne vois pas ce qu'il y a de mal à cela!

Hester prit le plateau, apparemment contrariée.

– J'oubliais, j'ai trouvé votre nouvelle robe toute chiffonnée dans votre salle de bains. Dois-je la porter à nettoyer, Miss?

– Non, mon mari ne l'aime pas. Vous pouvez la descendre à la chaufferie et la brûler.

– Mais elle est toute neuve!

– Peut-être, Hester, mais elle doit être réduite en cendres.

– Elle vous allait si bien...

– Jason la déteste et elle a été la cause d'une dispute entre nous. Faites-la disparaître!

Perplexe, Hester emporta le plateau. Dinah replaça le collier dans son étui et se glissa hors du lit de Jason, où il l'avait accueillie, réconfortée... et aimée.

Elle frissonna nerveusement. « Vous partagerez mon lit chaque fois que je claquerai des doigts » avait-il lancé sous l'effet de la colère... Avec un soupir, elle enfila ses pantoufles et sortit de la chambre.

Pourquoi avait-elle espéré un instant qu'il lui dirait autre chose?

9

Dinah descendit l'escalier majestueux, vêtue du costume d'amazone, soigneusement relevé sur le côté par une chaînette passée à son poignet. La jupe était en effet fort volumineuse et elle ne voulait pas courir le risque de se prendre les pieds dans les lourds plis du tissu et de tomber le long des marches en chêne massif.

Barry Sothern l'attendait. Comme tous les matins, il arborait une tenue décontractée et colorée qui faisait ressortir tout son charme.

La pluie avait remplacé le soleil des derniers jours et fouettait les grandes vitres, obligeant Barry à travailler à la lumière d'un projecteur.

— Quel dommage qu'il se soit mis à pleuvoir, dit-il en l'accueillant. Avez-vous entendu la tempête cette nuit?

Dinah secoua la tête et sentit une vague de chaleur déferler en elle au souvenir de la seule chose qu'elle avait retenue : le rythme accéléré de son cœur en réponse aux caresses de Jason.

Elle prit la pose, heureuse de pouvoir s'appuyer contre la rampe sculptée car ses jambes se dérobaient encore sous elle à l'évocation de l'émotion qu'elle avait éprouvée.

Barry s'approcha du chevalet et s'empara d'une brosse.

— Etes-vous prête? demanda-t-il. Je vais essayer de

travailler un peu plus vite à partir d'aujourd'hui. Votre mari a en effet réduit les séances journalières d'une demi-heure. Il prend soin de vous, Dinah.

– Et du bébé, commenta-t-elle. Avez-vous choisi de me peindre comme une femme et une mère de famille pleine de dignité?

– En fait, répondit Barry, le splendide vitrail derrière vous, donne une dimension particulière à votre portrait. Vous pourriez être Jane Eyre attendant sagement que Tudor Hal lui rende visite. De quand date cette maison?

– Elle a plusieurs siècles.

Diana sourit devant l'intérêt que montrait Barry mais il ne lui déplaisait pas qu'il en fût ainsi. Au cours de ses déambulations dans cette grande demeure, elle s'était sentie séduite par ses vieilles pierres. Le style, les fenêtres à meneaux et les nombreuses cheminées de l'antique maison ne l'avaient jamais oppressée. C'était le destin qui l'avait amenée à poser au pied de cet imposant escalier, pour un portrait qui irait rejoindre ceux des autres femmes qui avaient vécu prisonnières de ces murs épais, aimées ou haïes par les maître successifs.

– Cette maison est hantée, le saviez-vous, Barry?

– Oui, j'en ai entendu parler à l'auberge du village. Les Devrel sont au centre de toutes les conversations et les paris vont bon train pour deviner si vous aurez un garçon ou une fille.

– C'est inévitable.

Son sourire disparut car tout le monde maintenant devait savoir que Jason ne l'avait épousée que pour des raisons de convenance.

– A la mort de son père, Jason a hérité d'une grande partie du Havenshore et les Devrel ont toujours eu la chance d'être assez fortunés pour pouvoir exploiter leurs immenses terres et faire vivre de nombreuses familles de cultivateurs.

« Les villageois se montrent en tout cas très respectueux envers leur propriétaire, ajouta-t-il.

« Il est bon pour eux. Personne n'ignore que Jason est un homme généreux, et pas seulement sur le plan financier. Il n'hésite pas à consacrer son temps à discuter avec eux des problèmes qu'ils peuvent rencontrer. Pourquoi n'êtes-vous pas heureuse avec lui, Dinah?

La question personnelle de Barry la piqua au vif. Et tout à coup, elle eut une révélation. Elle n'éprouvait pas uniquement du plaisir dans les bras de Jason, mais un bonheur impalpable qui ne venait qu'avec l'apaisement consécutif à l'extase des sens. Elle s'était crue jusque-là seulement malheureuse à ses côtés, et elle s'était trompée. Elle vivait intensément, en sa compagnie. Et c'était parce qu'il ne l'aimait pas qu'elle se sentait amère.

– De quoi vous prive-t-il donc? ajouta Barry.

Elle ne répondit pas mais la réponse était gravée dans son esprit et dans son cœur. DE SON AMOUR. Il ne lui en avait jamais donné aucune preuve depuis le jour où elle l'avait vu pour la première fois, debout sous les vitraux, mystérieusement éclairé par le soleil couchant.

Cette immense silhouette s'était approchée d'elle et elle était restée hypnotisée par ses grands yeux sombres.

– Dinah, chassez ce regard lointain de votre visage et même si je vous comprends en tant qu'homme, sachez que l'artiste n'admet aucune faiblesse.

– Je réfléchissais, dit-elle, au jour où j'ai rencontré Jason. Je me demande s'il a jamais su combien il m'avait paru menaçant.

– Jason est un être intègre et très sensible, Dinah, et il a dû parfaitement se rendre compte de l'effet qu'il produisait sur vous.

– Il me dominait de sa haute taille et... et je voulais m'enfuir et me cacher. Comme s'il l'avait deviné, il m'a soulevée dans ses bras et m'a portée dans le salon de musique où un bon feu flambait dans la cheminée et où des beignets chauds nous attendaient sur un plat d'argent.

Elle soupira à ce souvenir. Ce jour-là, Jason joua du piano devant une bien piètre petite fille, une petite fille en larmes. Qu'avait-il ressenti à se retrouver tout à coup une jeune écolière sur les bras?

Elle fut interrompue dans ses réflexions par la sonnerie insistante du téléphone.

— Je vais répondre, dit Barry. Reposez-vous un instant.

Dinah s'assit sur une marche de l'escalier alors qu'il se dirigeait nonchalamment vers l'appareil. Lorsqu'il la rejoignit elle remarqua son expression ennuyée.

— Que se passe-t-il?

Elle s'était levée et le scrutait du regard.

— Etait-ce Jason?

Barry hésita et ils se dévisagèrent dans la faible lumière qui tombait des vitraux.

— Que se passe-t-il? insista-t-elle.

Sa voix trahissait maintenant son angoisse car elle comprenait maintenant qu'on lui avait annoncé une mauvaise nouvelle.

— Dinah, vous devriez vous asseoir.

— Non.

Son visage avait pâli.

— Dites-moi immédiatement et finissons-en!

— Il y a eu des problèmes à la banque.

— Jason? des problèmes?

Elle agrippa Barry sans se rendre compte qu'elle enfonçait ses ongles dans son bras.

— Je dois savoir!

— Dinah, ne vous mettez pas dans cet état.

Il essaya de la guider vers une chaise à haut dossier, sagement alignée contre le mur lambrissé, mais elle se dégagea d'une secousse.

— Dites-moi seulement qui a appelé.

— Il y a eu une tentative de cambriolage à la banque et plusieurs personnes ont été blessées.

— Jason aussi?

— Dinah, asseyez-vous et tâchez de vous calmer.

— Me calmer? cria-t-elle, le visage défait. Je ne peux pas rester ici à ne rien faire... il a besoin de moi.

Barry essaya de la retenir.

— Voyons, vous ne pouvez rien faire.

— Il... il n'est pas mort? demanda-t-elle brutalement.

— Mais non, Dinah. La police tient la situation en mains et nous n'avons plus qu'à attendre la suite des événements.

— Je le connais! si quelqu'un a tenté de cambrioler sa banque, il a dû devenir fou furieux et essayer de la défendre.

Tout en parlant, elle se hâtait vers la porte, s'empêtrant dans la jupe. Elle ouvrit à toute volée et courut vers le perron, la vue troublée par les larmes. Elle était poussée par un immense sentiment de désespoir qu'elle ne comprenait pas elle-même, et n'entendit pas Barry lui crier de faire attention. Elle se prit soudain les pieds dans les plis du costume et tomba la tête la première, criant le nom de Jason alors qu'elle rebondissait lourdement sur les degrés de l'escalier en pierre.

Elle s'immobilisa enfin, gémissant de douleur. Barry était déjà près d'elle, à genoux, et tâtait doucement sa nuque pour s'assurer qu'elle n'était pas brisée.

Il la souleva dans ses bras et elle n'eut que la force de hoqueter : mon bébé... j'ai perdu mon bébé.

— Du calme, Dinah, je vous en prie.

Il la porta dans la maison et hurla pour demander de l'aide.

La tête de Dinah reposait sur sa poitrine. Elle n'avait plus la moindre notion ni du lieu ni de l'heure... la douleur étreignait son corps, sa vue se troubla et elle perdit connaissance.

Les larmes qui parfois coulent pendant un rêve triste mouillaient le visage de Dinah qui tentait désespérément de sortir d'un profond sommeil.

– Pauvre bébé, murmurait-elle, pauvre Jason...

– Une main se glissa dans la sienne et des lèvres se posèrent sur ses joues humides.

– Bonjour, petite fille.

La voix n'arrivait pas à percer les ombres qui peuplaient sa tête.

Elle pensait qu'elle était morte, qu'elle avait rejoint Jason dans cette autre vie où les corps n'existent plus et où les douleurs et les souffrances n'ont plus de prise.

– C'est l'effet de la piqûre, dit une autre voix. Elle rêve à présent et ne ressent plus aucune douleur.

MAIS JE SOUFFRE! essaya de crier Dinah. Elle savait que tout était fini... cette vie avec Jason qu'elle avait gâchée...

– Elle pleure, je vous dis qu'elle pleure, répéta la voix pénétrant dans le brouillard qui obscurcissait son esprit. Dinah, réveillez-vous maintenant, réveillez-vous!

Elle fit un effort pour ouvrir les yeux mais ses paupières étaient trop lourdes. Une forme se pencha sur elle et des lèvres chaudes et vivantes se posèrent sur ses yeux fermés, insistantes, jusqu'à ce que ses paupières battent et se soulèvent enfin pour découvrir le visage mince et rassurant de l'homme qu'elle croyait perdu à tout jamais.

– Jason?

Son regard fixait ces traits familiers. Elle était tellement heureuse de trouver à son chevet le seule être au monde qui était toujours présent quand elle avait besoin de lui. Puis soudain, elle se souvint.

– Oh! Jason, j'ai perdu mon bébé.

– Non, ma chérie.

Il prit son visage entre ses mains.

– Notre bébé est sain et sauf, bien au chaud, à sa place.

– Mais je suis tombée – j'ai dévalé toutes les marches!

Ses yeux ne quittaient pas Jason qui se tenait dans la lumière de la lampe, cherchant à deviner la vérité... il avait sûrement peur de lui annoncer la mauvaise nouvelle.

– Ecoutez-moi, Dinah.

Il essuya les larmes qui inondaient son visage.

– La robe d'amazone a amorti votre chute qui aurait pu être fatale à l'enfant.

– Mais... mais j'ai mal.

– Vous avez une cheville cassée, c'est tout.

– Vraiment, Jason?

L'espoir renaquit dans son cœur et une vague de joie commença à réchauffer son corps.

– Est-ce que je vous mentirais, Dinah?

– Je...

– Dans des circonstances aussi dramatiques, je ne peux pas vous mentir, ma chère enfant. Demandez plutôt au docteur Malcolm!

Le docteur se pencha vers elle, de l'autre côté du lit, le visage éclairé par un merveilleux sourire.

– Le jeune Devrel se porte à merveille, confima-t-elle. Votre cheville en revanche va continuer à vous faire souffrir un peu. Je ne peux pas la plâtrer avant de vous avoir fait passer une radio, d'ici un jour ou deux. Pourrez-vous prendre votre mal en patience?

Dinah acquiesça puis reporta son regard sur Jason comme pour s'assurer de la réalité de sa présence... ce fut alors qu'elle remarqua le pansement qui cachait le haut de son bras gauche.

– Jason, vous êtes blessé?

– Ce n'est rien. Une simple éraflure.

– Je savais que vous étiez blessé.

Elle étendit sa main et toucha doucement son bras.

– Je savais que vous ne vous laisseriez pas faire.

– Il y a eu une bagarre, dit-il.

Son sourire se transforma en grimace.

– Les deux malfaiteurs ont blessé plusieurs clients et j'ai reçu une balle qui heureusement n'a fait que m'effleurer alors que j'exécutai un superbe placage, digne de mes meilleurs match de rugby! Quoiqu'il en soit, la police est intervenue très rapidement grâce à mon directeur adjoint qui a réussi à déclencher le signal d'alarme, avant d'essuyer une balle à son tour. Il est à l'hôpital et souffre d'une commotion cérébrale, le pauvre! Je vous jure que si j'en avais l'occasion, j'administrerais moi-même une sérieuse correction à ces deux voyous, jusqu'à ce qu'ils demandent pardon.

Dinah ne le quittait toujours pas des yeux et aucun des deux n'entendit le docteur Malcolm sortir de la pièce. Ils étaient seuls dans le halo doré de la lampe de chevet...

– Barry m'a expliqué comment vous étiez tombée, dit Jason doucement avec une lueur étrange dans le regard.

Dinah essaya de comprendre ce nouveau regard mais la chaleur du lit, ajoutée à son soulagement après toutes ses émotions, la plongea dans un sommeil réparateur. Avant de fermer les yeux, elle eut une dernière vision de Jason, veillant à son chevet... toujours présent pour l'aider à traverser les périls de la nuit.

Elle flottait, perdue dans ses rêves... bientôt elle lui demanderait de lui dévoiler le secret de la nuit de la Toussaint et ouvrirait enfin la porte qui était restée fermée entre eux. Cette fois, elle souriait dans son sommeil.

Dinah se reposait dans le solarium, écoutant paresseusement les mouettes. Elles volaient en poussant de grands cris au-dessus des vagues avant de plonger brusquement dans l'eau pour saisir un poisson. Le ciel était parsemé de petits nuages blancs et derrière les parois vitrées, elle découvrait un paysage magnifique à la lumière et aux couleurs changeantes, dignes d'un tableau de Turner.

Elle contemplait la mer mouvante avec satisfaction, une main posée sur son ventre rebondi où elle sentait maintenant bouger le bébé que tout d'un coup, elle avait appris à aimer.

Bien qu'elle ne fût pas certaine des sentiments de Jason, une chose était maintenant sûre... le bébé était autant à elle qu'à lui et même s'ils ne devaient pas partager un amour aussi passionné qu'elle le désirait, elle restait à Devrel Drive pour voir grandir son enfant et lui apprendre tous les secrets de cette vieille maison.

Les battements de son cœur s'accélérèrent lorsqu'elle entendit les pas marqués et familiers de Jason. Il pénétra dans le solarium, imposant dans sa tenue de cavalier, les jambes emprisonnées dans de magnifiques bottes de cuir. Elle l'avait regardé galoper sur Moonlight poussant la bête écumante jusqu'à ses dernières ressources.

— Vous avez meilleure mine, Dinah, dit-il en entrant.

Il sourit en s'approchant d'elle.

— J'espère que votre cheville vous fait moins souffrir depuis qu'elle est plâtrée.

Elle acquiesça et eut un brusque accès de timidité lorsqu'il se pencha vers elle pour déposer un baiser sur sa joue.

— Cela semble aller mieux et tous les bleus de votre visage ont disparu.

— Je vais très bien, lui assura-t-elle. Je vous ai vu monter Moonlight et... et je languis de vous accompagner dans vos longues promenades.

– Votre cheville sera bientôt guérie, dit-il en s'asseyant au pied du canapé et bien qu'il ne la touchât point, Dinah le sentit très proche.

– Non, ce ne sera pas trop long, mais de toute façon, mon état ne me permet pas de monter à cheval avant longtemps et d'ailleurs, je ne souhaite pas prendre le risque.

Il releva fermement le menton.

– Pas question en effet que vous preniez de nouveaux risques. Je m'en veux énormément de vous avoir imposé cet habit d'amazone. C'est lui qui a directement provoqué votre chute.

Elle ne put réprimer un frisson en se revoyant rebondir sur les marches de pierre et penser que le bébé était peut-être perdu. Mais lorsqu'elle était allée à l'hôpital pour faire plâtrer sa cheville, le docteur Malcolm avait procédé à des examens plus approfondis et l'avait complètement rassurée. Tout en provoquant sa chute, l'imposante robe l'avait amortie et involontairement protégé le bébé dont le cœur battait avec une parfaite régularité... à la différence de celui de Dinah, profondément troublée par la présence ténébreuse et puissante de Jason.

Lorsqu'il posa les yeux sur elle, sa respiration s'accéléra, et quand leurs regards se croisèrent, elle découvrit avec surprise une lueur incertaine dans ses yeux sombres... C'était bien la première fois qu'elle voyait l'incertitude faire place à son habituelle arrogance.

– Je suis si soulagée pour le bébé, murmura-t-elle. S'il lui était arrivé quelque chose, je ne me le serais jamais pardonné... et j'aurais probablement perdu la force de vivre.

– Je vous y aurais aidée. Que me serait-il resté si je...

Il s'interrompit au milieu de sa phrase et Dinah pria silencieusement pour qu'il la termine en disant qu'il aurait souffert comme un martyr s'il l'avait perdue.

Elle retint sa respiration lorsqu'il se pencha vers elle.

– Je vois que vous portez le collier d'opales, dit-il avec une certaine satisfaction.

– Il est si beau, Jason.

– Comme vos yeux...

Elle rougit sous le compliment comme une écolière prise en flagrant délit.

– Regardez-moi, Dinah. J'ai quelque chose à vous dire et ce n'est pas facile.

Les doigts de Jason se refermèrent sur les siens.

– Lorsque j'étais à votre chevet, ma chérie, je me suis promis de ne plus jamais vous contraindre à quoi que ce soit. Ce que j'essaie de vous dire... c'est que... si vous voulez partir et passer ces derniers mois seule, j'exaucerais tous vos désirs et prendrais toutes les dispositions nécessaires. Voulez-vous vous retirer à la campagne ou préférez-vous terminer votre grossesse dans un hôtel tranquille?

– Je ne pourrais pas supporter de vivre à l'hôtel.

– Un cottage, alors?

– Non.

– Que voulez-vous, Dinah? Je sais que vous rêvez d'être indépendante et de gagner votre vie mais je doute que vous puissiez retourner à vos chères figurines avant plusieurs mois.

– Essayez-vous de vous débarrasser de moi? demanda-t-elle, essayant d'échapper à la pression de sa main qui, à ces mots, se transforma en une étreinte soudaine, si puissante et passionnée qu'elle ne put y résister.

– Est-ce que j'en ai l'air?

Il la fixa du regard, les yeux empreints de la même passion qu'il avait montrée pendant la nuit de la Toussaint.

– Vous ne savez pas, vous ne pouvez pas savoir quel enfer j'ai traversé lorsque j'ai pris conscience que je vous désirais. J'ai résisté, mais vous faisiez partie de cette maison. Pendant des années, elle est restée vide et froide puis vous êtes arrivée et jamais, jamais je n'aurais accepté de vous laisser repartir.

Il s'interrompit et cacha son visage contre la poitrine de la jeune femme. Dinah semblait vivre un rêve, incapable de bouger ni de proférer la moindre parole, entièrement sous le charme de sa confession.

— J'ai cru que vous aviez besoin d'un père et j'ai essayé de jouer ce rôle.

Ses lèvres touchaient presque sa peau, rendant les mots plus intimes encore.

— Pendant les premières années, j'y suis arrivé, je crois. Puis petit à petit, vous êtes devenue une femme et je n'ai pu me contenter de ce rôle de parent. Lorsque j'ai assisté à la remise de votre diplôme et que vous êtes montée sur l'estrade, je vous ai trouvée tellement fragile et vulnérable face à vos camarades déjà pleines d'assurance!

Jason s'arrêta et l'embrassa avec une tendresse qui lui alla droit au cœur.

— Vous étiez différente, ma Dinah. Votre sensibilité rayonnait et j'ai aussitôt compris que notre monde violent et impitoyable ne vous épargnerait pas. J'ai su, par cette après-midi ensoleillée, que nous devions rester ensemble mais non plus en tant que tuteur et pupille, car je ne rêvais que de vous aimer comme un homme.

Sa voix était si troublante et persuasive que Dinah ne put réprimer un frisson de plaisir.

— Continuez, murmura-t-elle, le souffle coupé.

— Comment vous dire que lorsque je suis près de vous, mes mains ont envie de vous caresser et mes lèvres de vous embrasser! Vous avez volé mon cœur, Dinah...

— Jason...

Elle avait encore des difficultés à croire ces paroles

tendres et passionnées auxquelles elle n'était pas habituée.

– N'ai-je pas prouvé la sincérité et la profondeur de mes sentiments, la nuit de la Toussaint? Je vous ai proposé de devenir ma femme et vous avez accepté – jusqu'à ce que vous surpreniez les ragots de ces deux incorrigibles commères... ce soir-là, quand je suis monté dans votre chambre et que je vous ai trouvée en train de boucler vos valises... Dinah, Dinah, je ne vous demanderai jamais assez de me pardonner pour mon ignoble conduite, mais je me suis haï d'avoir trahi la seule personne que je chérissais.

Il se tut pendant de longues secondes et elle devina qu'il rassemblait toutes ses forces avant de reprendre :

– Nous pouvons divorcer, Dinah, si tel est votre désir. C'est à vous de décider.

– Regardez-moi, Jason, dit-elle.

Il obtempéra, mais ses yeux étaient sombres et empreints d'une lueur d'incertitude.

– Je suis tombée dans ma hâte de vous retrouver, Jason, quand j'ai appris que vous étiez blessé. Je ne pouvais penser à rien d'autre sinon à être auprès de vous. A mon tour, je venais de comprendre que vous n'étiez plus seulement le père de mon enfant mais l'homme que j'aimais.

Il ne bougea pas lorsqu'elle lui caressa les cheveux. Il restait muet, respirant difficilement, comme ceux qui atteignent leur but après des efforts épuisants.

Sa tête brune reposait contre le cœur de Dinah, tout près du bébé qui avait effacé ses terreurs et ses craintes comme le soleil dissipe les ombres.

– Dinah!

Il libéra soudain la puissance et l'impétuosité de ses sentiments longtemps réprimés pour la couvrir longuement de baisers.

Elle savourait cet instant tant attendu, remerciant le

destin qui, par une fin d'après-midi morose, l'avait amenée dans une grande voiture noire jusqu'à cette maison perchée sur les falaises de Devrel Drive.

Ce jour-là, le cœur gros de chagrin, elle était loin de se douter qu'en franchissant ce seuil, elle n'aurait plus jamais besoin de personne.

Dès cet instant, Jason lui avait accordé toute sa protection et dédié toute sa passion... Pourquoi... pourquoi était-il resté si longtemps silencieux?

– Jason?

– Oui, ma chérie.

– Pourquoi ne m'avez-vous jamais rien dit?

– Après la nuit de la Toussaint, j'ai pensé que je n'en avais plus le droit.

– Et quand je me suis enfuie, vous avez cru que je vous haïssais?

– Oui. Je m'étais conduit comme un parfait scélérat, donnant libre cours à mes instincts. Mais j'étais si furieux et si désespéré lorsque vous m'avez rendu la bague... vous étiez mienne et rien d'autre n'importait pour moi. Vous m'apparteniez... j'ai voulu vous le prouver et ce faisant, j'ai perdu la confiance que jusqu'alors vous m'aviez toujours accordée.

Il prit son visage entre ses mains.

– Me pardonnerez-vous un jour?

– Mon amour, dit-elle en souriant. J'ai grandi. Je suis une femme maintenant et une femme amoureuse.

Elle l'embrassa tendrement et murmura doucement :

– Aimer est difficile mais pardonner est une telle joie...

Il ne répondit pas, mais son baiser fut plus éloquent que tous les mots d'amour.

Harlequin vous offre dès aujourd'hui de partager et savourer la nouvelle série Harlequin Édition Spéciale…les
meilleures histoires d'amour.

Des millions de lectrices ont déjà accueilli avec enthou-
siasme ces histoires passionnantes. Venez découvrir avec
elles la Série Édition Spéciale.

FES-A-1

Collection Harlequin

Recevez chez vous 6 nouveaux livres chaque mois — et les 4 premiers sont gratuits!

En vous abonnant à la Collection Harlequin, vous êtes assurée de ne manquer aucun nouveau titre! Les 4 premiers sont gratuits — et nous vous enverrons, chaque mois suivant, six nouveaux romans d'amour.
Mais vous ne vous engagez à rien: vous pouvez annuler votre abonnement à tout moment, quel que soit le nombre de volumes que vous aurez achetés. Et, même si vous n'en achetez pas un seul, vous pourrez conserver vos 4 livres gratuits!

Bon d'abonnement

Envoyez à: **COLLECTION HARLEQUIN**
P.O. Box 2800, Postal Station A
5170 Yonge St., Willowdale, Ont. M2N 6J3

OUI, veuillez m'envoyer *gratuitement* mes quatre romans de la COLLECTION HARLEQUIN. Veuillez aussi prendre note de mon abonnement aux 6 nouveaux romans de la COLLECTION HARLEQUIN que vous publierez chaque mois. Je recevrai tous les mois 6 nouveaux romans d'amour, au bas prix de $1.75 chacun (soit $10.50 par mois), sans frais de port ou de manutention.
Je pourrai annuler mon abonnement à tout moment, quel que soit le nombre de livres que j'aurai achetés. Quoi qu'il arrive, je pourrai garder mes 4 premiers romans de la COLLECTION HARLEQUIN tout à fait GRATUITEMENT, sans aucune obligation.
Cette offre n'est pas valable pour les personnes déjà abonnées.

Nos prix peuvent être modifiés sans préavis.   366-BPF-BPGE

COLL-SUB-1WR

Nom _____ (en MAJUSCULES, s.v.p.)

Adresse _____ App. _____

Ville _____ Prov. _____ Code postal _____